絶対に結婚したくない令嬢、辺
ノ
と呼ばれる将軍閣下の押しかけ妻になる
あさぎ千夜春
Chiyoharu Asagi Presents
fairy kiss

この作品はフィクションです。
実際の人物・団体・事件などに一切関係ありません。

絶対に結婚したくない令嬢、辺境のケダモノと呼ばれる将軍閣下の押しかけ妻になる

fairy kiss

プロローグ

吹き荒ぶ雪の中、フランチェスカは叫んでいた。

「帰れと言われても帰りませんからっ。わっ、私をっ、あなたの妻にっ、してくださいませ！」

体の前で毛皮のケープをかき合わせ、これ以上凍えて倒れないように願いながら、目の前に立つ山のような大男を必死になってにらみつける。

帰れと言われる前に『帰らない』と告げる。

相手より先に行動して、言論を封じてしまうのだ。

案の定、フランチェスカの夫になるはずの男マティアスは、馬車から降りた途端いきなり戦闘態勢で噛みついてくる小娘を見て、戸惑い絶句しているようだった。

（ふふん……先制パンチが効いたようね！）

思った以上の効果に笑みを浮かべ、フランチェスカはマティアス・ド・シドニア中将を見上げる。

初めて見た彼は、とにかく目を引く男だった。

真っ白な雪に映える燃えるような赤い髪に、しっかりとした太い眉。夏の緑を思わせる目じりが吊り上がった切れ長の目。軍人らしいたくましい体に似つかわしい精悍な顔立ちをしている。

簡素な軍服に毛皮のマントを羽織った彼は、まるで数百年の時を刻み、なおも生き続ける大樹のようにまっすぐ立っていた。

（まるで炎のように赤い髪……。とっても綺麗だわ）

王都にいる、ほっそりなよなよした貴族とは明らかに違う、人間としての迫力のようなものを感じる。

いつものフランチェスカなら即、脳内で彼を主役にし、あれこれといらぬ妄想をして楽しむところだが、馬車の旅と緊張で心身ともに疲れきっていて、その余裕はなかった。

今はただ、彼に受け入れてもらうこと、その一心でしかない。

たとえこの男が自分を嫌っていても、疎ましく思っていたとしても、帰るという選択肢はないのだ。

（私はこの、辺境のケダモノと呼ばれている中将閣下にお嫁入りするしか道はないのよ！）

ここに来れば、自分がやりたいことをやれる――かもしれない。

自分勝手なのは百も承知で、希望を胸に抱いてここまでやってきた。

「フランチェスカ様。シドニア領は王都とは違います。御身がお過ごしになるには、いささか」

こちらを見おろしながら、ためらいがちに繰り出されるマティアスの声はかなり低いが、滑舌はよく声も通った。滑らかなビロードのようなしっとりとした色気がある。

（あら……とっても美声だわ）

胸周りが大きく分厚いからだろう。人の体というものは楽器のようなものだから、当然と言えば当然なのだが。

そんなことを考えつつも、フランチェスカは背中を仰け反らせながら、長身のマティアスを見上げた。

「確かに私は『十歳になる前に死ぬ』と言われて育った箱入り娘です。病弱な妻など、妻として機能するかどうかご不安にもなるでしょう」

そう言い切った瞬間、マティアスの眉が少しだけ下がる。

「妻としての機能など……別にそういうことを言っているわけではないのです。ただこの地は王都に比べて不便も多いですから、都会育ちのあなたには無理だと言いたいだけです」

ためらいながらもはっきりとキツイことを告げる彼の言葉から、不思議とフランチェスカを心配しているような気配を感じて、ほんの少し気持ちが楽になったがそれはそれだ。

「マティアス様、私は王都で貴族として暮らすことになんの魅力も感じておりません。私もなんだかんだと十八まで生き延びましたし、今は元気です。このシドニア領主の妻として、立派に責任を果たす所存ですっ！」

フランチェスカには、どうしても失いたくない夢がある。
その夢を今後も追いかけ続ける代わりに、侯爵令嬢の自分に差し出せるものは、なんだって差し出すつもりだった。

与えられるだけの人間でいたくない。

意気揚々と、自信満々に見えるように胸のあたりをバシッと手のひらで叩いたのだが。思いのほ

か力が強すぎたらしい。

次の瞬間、くらりと眩暈がして――一瞬で、目の前が真っ暗になった。

自分を必要以上に良く見せようと、調子にのってしまった。後悔先に立たずである。

(あ、まずいわ)

焦ったが、ゆっくりと体が前のめりに倒れてゆくのを止められない。

「うわぁっ!」

案の定、いきなり目の前で倒れられたマティアスが声をあげ、フランチェスカを慌てて抱きとめる。

「大丈夫ですか!?」

「ええ、ごめんなさい……だいじょう、ぶ……で……」

そうは言ったが、膝ががくがくと笑って足に力が入らない。

(やっぱり寒い……体が凍えそう……)

王都からシドニアまで丸三日の馬車の旅は、休み休みではあるが、非常に体力を削られるものだった。正直言って無理を通した自覚もある。フランチェスカは自分の体がとうに限界を超えていたことに気づいていた。

「お嬢様!」

やや遅れて、一緒に馬車に乗っていた侍女のアンナが悲鳴をあげて背中をさすったが、相変わらず足に力は入らず、瞼が急激に重くなる。

冷たい雪の上でもいいから、今すぐ横になりたいと思うほどに。

（大丈夫だって言った矢先に倒れてしまいそう……情けない）

このままでは病弱なのを理由に追い返されるかもしれない。

いやだ、いやだいやだいやだ！

帰りたくない！

フランチェスカは唇をかみしめる。

必死に立とうと、足に力を入れようとしたところで、突然、ふわりと体が宙に浮く感覚がした。

「すぐにベッドの用意をしてくれ！」

頭の上から声が響く。

彼が身に着けていた毛皮のマントで体が包み込まれた。その瞬間、ごうごうと吹き荒ぶ雪の音が消える。

状況から察するに、マティアスがフランチェスカを抱きかかえているようだ。

「――マティアス様、お部屋を用意いたしました。どうぞこちらに」

年かさの声は家令だろうか。

「ああ、頼む。医者も呼んでくれ」

マティアスはそう言って、いきなりずんずんと歩き出す。

その途中、何度か確かめるように「フランチェスカ様」「起きていらっしゃいますか」「フランチェスカ様、しっかりしてください」と呼びかけられたが、ここで目を覚ますと『お帰りください』

と言われる気がして、そのまま気を失ったふりをすることにする。

（私は木！　私は石！）

心は緊張したまま、体からはだらんと力を抜いた。

そんな涙ぐましい努力に、どうやら彼らは騙されてくれたらしい。

結局、ふたりだけで会話を始めてしまった。

「それにしても予想外ですね。まさか侯爵令嬢が、こんな辺境の地まで来られるとは」

少し先を歩く家令の声には、どこか好奇心を隠しきれないような気配があって、若干弾んで聞こえる。

一方、主人であるマティアスは心底迷惑そうで、抱かれているフランチェスカの体がぐらりと揺れるような、大きなため息をついた。

「はぁ……屋敷に入れる前に追い返そうと思っていたのに、計画がおじゃんだ。そもそもあれほど断りの手紙を送ったのに、無視されるとはな。見ろよダニエル。これこそ実に貴族らしい傲慢さだ。俺が最も嫌いなものだ」

マティアスの声には貴族に対する怒りと苛立ちがにじんでいる。

『貴族らしい傲慢さ』『嫌いなもの』

知っていたが、直接言われるとちょっぴり傷つく。だが彼が領地に引きこもっている理由を考えると、これは当然の反応だろう。

自分がやったことはまさに『貴族の権力をかさにきた』やり方なのだから。

「まぁまぁ……フランチェスカ様のご実家は、王家とも血の繋がりが深い侯爵家ですから。なにかしら事情があったのかもしれませんよ」

主人をなだめる家令――ダニエルの言葉を聞いて、フランチェスカは後ろめたくなる。

(この結婚に貴族の事情なんてないわ。だってこれは、私のわがままを家族が聞いてくれただけなんだもの)

だがさすがにこの場でそんなことを言えるはずもなく、フランチェスカは唇を引き結んだがマティアスは呆れたように声をあげる。

「事情？　なぜそれに俺が巻き込まれるんだ。貴族の妻なんて冗談じゃない！　こんなことになるなら、適当に平民の女と結婚しておくんだったな」

「適当だなんて、そんな心にもないことを」

ダニエルがくすりと笑うが、本当に『心にもないこと』なのだろうか。

マティアスの声からは、彼が心底戸惑っているのが伝わってきて、強引に押しかけた自覚があるフランチェスカもまた申し訳なくなった。

(ごめんなさい。でも私も必死なんです。マティアス・ド・シドニア閣下……どうか私を、受け入れてください……！)

この人に妻として受け入れてもらえなければ、フランチェスカはこれから先、堅苦しい貴族社会でがんじがらめになって生きていかねばならない。

それこそ、文字通り死ぬまでだ。

そんな人生はいやだった。

せっかく十八まで生き残れたのに、後悔だらけの人生を送りたくない。

「おねがい……おいかえ、さないで……」

気を失ったふりを忘れて、咄嗟に必死で声を振り絞ると、マティアスがすうっと息をのむ。

フランチェスカを抱き上げた手に力がこもった。

(もしかしたら、このまま地面に放り投げ出されるのかしら)

瞼が落ち切る前に、夫となる人の顔をじっと見上げる。

こちらを見おろすマティアスは、精悍な眉をほんの少し下げて相変わらず困り切っていたけれど。

「まったく……困った姫様だ」

そうつぶやく緑の目からは、女性の体を乱暴には扱わないに違いない、そんな人の良さを感じた。

(あぁ……マティアス様って……やっぱりいい人だわ)

彼に一度も会わないまま、勝手に結婚を決めてしまったフランチェスカだが、案外自分はこの人とうまくやれるのではないだろうか。

フランチェスカは、えへへと笑う。

そしてそのままぷっつりと、今度こそ糸が切れるように意識を手放していた。

「はぁ……」

マティアスはまた深くため息をつく。

「ほんと困るよな……。こんな、可愛くてちっちゃくてふわふわして可憐な女の子が、俺みたいな男の奥さんになりに来たってさぁ……あり得ねぇだろ。自制できる自信がねぇよ」
夫となる中将の泣き言は、フランチェスカの耳には残念ながら届かなかったのだった。

一章「結婚したくない令嬢」

さかのぼること一か月前――。

五百年の歴史を誇るアルテリア王国の侯爵令嬢、フランチェスカ・ド・ヴェルベックは結婚したくなかった。

十八歳の誕生日を過ぎてから、毎日のように届く見合いの申し出に心底うんざりしていた。

『相手の身分が高すぎるのはいや』

『女性の噂が絶えない男なんて不潔』

『優しいなんてただの優柔不断に決まってる』

『お金持ちも偉そうで嫌い』

もはや屁理屈レベルの難癖をつけて断っているのに、見合いの話は一向に減らない。

王都の高級住宅地にある屋敷の広大な庭を眺めながら、フランチェスカは紅茶のカップをソーサーの上にのせる。

ちらりと視線をテーブルの端に向けると、山になった釣り書きが視界に入った。

脳内でマッチをこすり火をつけて、このまますべてを燃やし尽くしてなかったことにしたい気持ちに駆られたが、現実は厳しい。視線を逸らすのが精一杯である。

「ねぇ、アンナ。どうしたら結婚せずに済むかしら？」

フランチェスカはため息をつき、それから空を仰ぐ。

年が明けてはや二か月が過ぎていた。朝から天気が良く、ポカポカと暖かい日差しが降り注ぎ、急に春が来たのかと勘違いしそうな陽気だ。

『たまには日に当たりましょう』と侍女のアンナに言われて庭に出たフランチェスカは、頬杖をついたまま、特大のため息をついた。

両親が結婚した時に植えられた木々の木漏れ日がキラキラと輝き、アルテリア王国でも名門と名高い、ヴェルベック侯爵邸の白い壁に美しい模様を描いている。

「そうは言っても結婚は貴族令嬢の義務でしょうに」

クラシカルなメイド服に身を包んだアンナは、空になったカップにお代わりの紅茶を注いだ後、フランチェスカの肩にかけている毛皮のケープのリボンを丁寧に結び直す。

「そうなのよねぇ。侯爵令嬢なばかりに……私は結婚しないといけないのよねぇ……」

フランチェスカの母方の祖母はアルテリア王国の王女で、非常に身分の高い女性だった。二年前に亡くなってしまったが、それまで孫であるフランチェスカと兄をとても可愛がってくれた。

特に生まれつき体が弱く、十歳まで生きられないだろうと医者に宣言されていたフランチェスカのことは、文字通り目に入れても痛くないと言わんばかりに溺愛し、

『物語の中でなら、フランチェスカはどこにだって行けるし、なんにだってなれるのですよ』

と、床が見えなくなるくらいたくさんの書物を与えてくれた人だった。

さらに王国のみならず、世界中の本を読めるようになりたいと願った孫娘のために、優秀な家庭教師をつけ、読み書きを学ばせてくれた。

おかげでフランチェスカはベッドの中で一日過ごしていても少しも寂しくなかったし、社交界にデビューできなくても、自分がかわいそうだとかみじめだとか、そんな気持ちになったことは一度もなかった。ある意味幸福な少女時代を過ごせたのだ。

だがフランチェスカは死ななかった。

寿命だと言われた十歳を数年過ぎたあたりから、周囲は『あれ?』と思ったようだが、なんとももうすぐ十八歳になる。周囲が慌てて結婚させようと婚約者探しに躍起になり始めて、一年近くが経っていた。

ヴェルベック家は王家とも縁が近い由緒正しき血筋なので、相手には困らない。両親は条件に合う男たちを次々と選び、フランチェスカに『お前の夫としてどうか』と持ち掛けてきた。

だがフランチェスカは頑として首を縦に振らなかった。

相手が誰であっても、とにかく貴族らしい結婚などしたくないのである。

読書を愛し、ひとりの時間をなによりも大事に思っているフランチェスカが、今更夫と家のために生きろと言われても、受け入れられるはずがない。

この一年は祖母の喪に服しているということで婚約も結婚も避けていたのだが、さすがに乙女の花盛り。貴族の義務である結婚イベントからはこれ以上逃げられそうもない。

「結婚なんか、したくないな〜……」

ぼーっとしつつまた紅茶のお代わりを口に運んだところで、

「お嬢様は結婚したくないんじゃなくて、作家を辞めざるを得なくなるのが、おいやなんでしょう?」

と、アンナがはっきりと口にする。

「ちょっと、アンナッ」

フランチェスカは慌てて人差し指を自分の唇に押し当て、焦りつつあたりをぐるりと見回した。

「大丈夫ですよ、お嬢様。誰も聞いてませんって」

アンナはそう言って軽く肩をすくめると、ちょっといたずらっ子のように微笑み、フランチェスカの顔を覗き込む。

「お嬢様が王都でも噂の覆面作家、ＢＢこと『ブルーノ・バルバナス』だってことは、あたしと兄しか知らないことですもんねっ」

「もう……」

フランチェスカは苦笑し、それから両手で顔を包み込むように肘をつき、大きくため息をついた。

「そうね。あなたの言う通りなのかも。私、結婚がいやっていうよりも、執筆を辞めなくちゃいけないのがいやなんだわ」

フランチェスカは物心ついた時から本を与えられ、ベッドの中で十年以上本を読んで過ごした。

貴族令嬢たちが社交界でデビューして結婚相手を探すようになっても、一切関わらずに本を読んでいた。

そして気が付けば、誰に教えられたわけでもなく、自分で物語を書くようになっていたのだ。

読者はただひとり、三つ年上のアンナだけ。毎日少しずつ物語を書き、アンナに読ませるのがフランチェスカの娯楽になっていた。

だが三年ほど前、その小説が出版社で働いているアンナの兄の目に留まり、たまたま原稿を落としてしまった作家の代わりに新聞に掲載され、大好評を博してしまった。

『お嬢様のお話は面白いから当然です』

と、喜ぶアンナに求められるがまま次々と原稿を書き上げ、あれよあれよという間に連載は続き、本を刷ればベストセラーを連発する人気作家になっていた。

もちろん侯爵令嬢が小説を書いているなどもってのほかなので、家族にすら隠しているが、題材がいわゆる『宮廷小説』なため、ＢＢは王宮の内部事情に詳しい知識人と噂されているらしい。

事実を知っているのはアンナとその兄のふたりだけ。世間にバレれば身の破滅だ。自分だけならまだしも家族に累が及んでしまう。

だが今更、フランチェスカは物語を書くことを辞められなかった。

生まれてこのかた『一番多く見た景色がベッドの中から見上げる天井』だったフランチェスカにとって、頭の中にある自分の世界だけが生きる希望なのだ。

「あたしはＢＢの小説のファン一号なので、やっぱり辞めてほしくないですけどね」

「まぁ、ありがとう」

ふふっと笑うと、さらにアンナは言葉を続ける。

「いや、お嬢様みたいにフワッフワの金髪に青い目をした、妖精さんかな？　って感じの完璧美少女が、あんなえげつない男同士の嫉妬や憎しみ、ゴリゴリの愛憎入り交じる魂のぶつかり合いを精緻な筆致で書き上げるなんて、逆にエロイっていうか――モガッ」

「ちょっとアンナったら、声が大きいわよっ」

いくら誰も聞いていないと言ってもさすがにこれは恥ずかしい。

「私はエッ……卑猥なお話を書いているわけではないのよ」

フランチェスカはアンナの口元を覆った手をそのままににらみつけるが、彼女はやんわりとフランチェスカの手を外すと、猫のように目を細めてウフフと笑う。

「でもお嬢様、男性同士の性別や性愛を超えた感情を書かれるのが、お好きなんでしょ？」

アンナの指摘に胸の奥がぎくりとする。

そう、彼女の言うとおりだ。誰に教わったわけでもないのに、フランチェスカは昔から『男性同士の感情のもつれ』が大好物だった。

最初にペンをとりきちんと物語を書いたのは、大好きな児童文学の主人公をモデルにした、ライバルとのお話だったし（主人公には幼馴染の女の子がいたのだがそれは無視した）、それからも延々、男同士の物語を書き続けている。

外見も性格も身分も違う男たちが、愛憎入り交じった強い感情をぶつけ合う物語は、男女の恋愛小説とはまったく違うトキメキと高揚感を、フランチェスカに与えてくれるのだ。

ちなみにアンナ曰くフランチェスカが書いているのは『ブロマンス小説』というらしい。

こんなことを考えるのは自分だけかと思っていたのだが、主な読者層は女性で、ＢＢは彼女たちからカルト的な支持を受けている。ＢＢは王都でも指折りの人気作家だった。

「まったくもう……アンナってあけすけなんだから」

フランチェスカが呆れたようにため息をつくと、

「あらあら、そろそろ洗濯物を取り込まなくっちゃ！」

アンナはわざとらしくそう言い放ち「失礼しま～す！」とそのままいそいそと姿を消してしまった。

「はぁ……」

フランチェスカはため息をつき、見合い写真が挟まれた釣り書きをペラペラと適当にめくるが、まったく頭に入っていかない。

格調高い詩集を出すことは百歩許したとしても、小説を書くことを許す夫はいないだろう。作家は男性だけに許された職業だ。結婚したら執筆を辞めなければならないのは間違いない。

（でもそれって、生きている意味はあるのかしら）

十歳まで生きられないと言われた。

それでも物語を心の支えにして十八まで生き抜いた。

自分が希望を失わず生きてこられたのは、家族の愛情と本があったからだ。

ベッドの中でどれほど高熱を出してうなされていても、咳（せき）のしすぎで肋骨が折れても、本を読み物語を書くことによってフランチェスカは生かされていた。

なのに結婚という制度のせいで、フランチェスカの心は生きながら死んでしまうことになるのかもしれない。

結婚なんか絶対にしたくない。心の自由を奪われたくない。

だが一方で、結婚を拒み続けて、優しい兄や両親を困らせたくもない。

がんじがらめのフランチェスカは、なにひとつ打開策を見出すことができず、立ち尽くすばかりだ。

（どうやったって、辛いわ……）

フランチェスカは釣り書きをぱたんと閉じると、誰も見ていないのをいいことに、盛大なため息とともに、テーブルに突っ伏して目を閉じたのだった。


だがそんなフランチェスカに転機が訪れる。

ある日のこと、兄のジョエルがひどく畏まった様子で数年前の新聞を手に部屋を訪れた。

ジョエルはフランチェスカとは十歳年が離れており、祖母譲りの美貌は国一番とまで言われている美男子である。父と共に領地運営に励みつつ、年の離れた妹のフランチェスカをとても可愛がっていた。

「フランチェスカ、君の結婚相手だけれど、僕のかつての部下だった中将閣下はどうかな」

「え？」

アンナに髪を梳いてもらいながら本を読んでいたフランチェスカは、本を閉じてジョエルから新聞を受け取った。

新聞の一面には男性の横顔の写真がのっている。写真は映りがあまりよくないが、なんだか気難しそうな男だというのは伝わってきた。

新聞の記事にざっと目を通すと、

『シドニア領の領主である中将は人嫌いで、八年前に叙勲されてからいまだに王都に一度も顔を出さない』

『貴族社会において彼の傲慢たる態度はいかがなものか』

『とは言え彼が改心する日は来なそうである』

というようなことが、つらつらと書いてあった。

（まぁ、なんて余計なお世話な記事かしら！）

フランチェスカは思わず唇を尖らせていた。

確かに名だたる貴族たちは基本的に一年の大半を王都のタウンハウスで暮らし、領地にはたまに戻る程度だが、逆に領主が領地にいてなんの問題があるというのだろう。

領民からしたら、領主が同じ土地で生活をしてくれているほうが、ずっと安心した日々が送れるのではないだろうか。

「マティアス・ド・シドニア中将閣下だ。君も名前くらい覚えているだろう？」

いそいそとフランチェスカの前のテーブルに腰を下ろしたジョエルは、フランチェスカとよく似た青い瞳をキラキラと輝かせる。

幼い頃から病弱で、社交界にはまったく縁のないフランチェスカだが、兄の口から出た名前を聞いてハッとした。

「もしかして……八年前の戦争でお兄様を救出した、あのマティアス様?」

八年前、アルテリア王国は帝国からの要請により同盟国の一翼として戦争に参加した。当時士官学校を卒業したばかりのジョエルも、青年士官として従軍していたのである。

「そうっ!　そのマティアス殿だ!」

妹がすぐに思い出したことが嬉しかったのか、ジョエルはパッと笑顔になってフランチェスカにぐいっと顔を近づけてきた。

「八年前、前線で指揮を執っていた僕は、情報伝達のミスで敵国に捕らえられてしまった。敗色濃厚な戦況で撤退命令が出て、僕は見捨てられる寸前だった。敵味方入り乱れる前線で死を覚悟したよ」

当時を思い出したのか、ジョエルの顔が悲しげに陰る。

「そこで上官の命令を無視して、ほんの少しの部下と一緒に僕を助けに来てくださったのがマティアス殿なんだ。生きることを諦めかけていたボロボロの僕を背中にくくり付け、励ましながら馬を乗り継ぎ、故郷まで連れて帰ってくださった。僕が今こうやって生きていて、妻子とともに健やかに暮らせているのは、あの方のおかげなんだよ」

兄の言葉に、八年前のできごとが鮮やかに蘇ってくる。

「もう死んだと思われていたお兄様が帰って来たものだから、大喜びしたおばあ様がマティアス様に、爵位とシドニア領を与えることになったのよね？」

八年前、大好きな兄が戦死したと聞かされた時は家族全員がひどいショックを受けて、毎日泣いて暮らしていた。だがそれからまもなくして、生きていたという連絡が飛び込んできて、天地がひっくり返るような騒ぎになったことを、フランチェスカは今でもよく覚えている。

フランチェスカの言葉に、テーブルの上で祈るように手を握りしめたジョエルは、それから美しい顔を悲しげに曇らせ「あぁ……そうだ」とうなずいた。

「けれど叙勲の当日、マティアス殿は王城で開かれる儀式に遅れて来たんだ。侯爵家が用意した真っ白な軍服を泥だらけにしてね。それで、彼が叙勲されることをよく思っていなかった貴族たちの笑いものになってしまった。『野良犬』『約束も守れない野蛮なケダモノ』だなんて失礼な言葉をぶつけられて……本当にひどかったよ」

ジョエルの花のような笑顔がさらに萎んでゆく。

当時のことを思い出したのだろう。目元を指でぎゅっとつまみながらはーっと息を吐いた。

「泥だらけのマティアス殿は、その場でも言い訳ひとつなさらなかった。ただ祖母に遅刻を詫び、爵位も領地も自分には不相応だと頭を下げたんだ」

だが祖母はそんなマティアスを責めることもなく、儀式を続行し、マティアスは無事爵位を与えられたのだという。

「その後、マティアス殿はシドニア領に引きこもって、人嫌いの軍人貴族と噂されるようになった。

そしていまだに、こんなことを言われている」

ジョエルはテーブルの上の新聞に悲しげに目を落とし、美しい指先で紙面の文章をとんとん、と叩く。愁いを帯びた表情は、我が兄ながらまるで女神像のように美しかった。

そんな兄の言葉に唇をかみしめた後、フランチェスカは重く口を開く。

「確かに八年も領地に引きこもっているって、貴族の常識からしたら、少し変わっているのかもしれないけど。当時のおばあ様は、マティアス様が叙勲に値する人だと考えたんでしょう?」

そもそも彼が本当に人嫌いなら、ジョエルを命がけで、しかも命令違反をしてまで助けるとは思えない。

「それを外野がごちゃごちゃと……。人様を勝手に評価して野良犬だなんて馬鹿にするなんて。そのほうがよっぽど恥ずかしい行いだと思うわ」

話しているうちにだんだん腹が立ってきて、フランチェスカはぎゅっと唇を引き結ぶ。

貴族のさまざまな特権は、いざとなれば領民の暮らしを守るために先頭に立つ人間に与えられたものであるはずだ。

だが貴族であることをはなにかけて、人民の盾になるという前提を昨今の貴族たちは忘れているのではないか。侯爵家に生まれたからこそ、フランチェスカはこの年まで生き残れたとわかっているが、もどかしくもあった。

「フランチェスカは賢い子だから、どこに行ってもそれなりにうまくやっていくとは思っているんだけど……兄としてはたったひとりの妹には、よい伴侶を得てほしい」

そして手を伸ばしてフランチェスカの手を握った。

その手のぬくもりからは、兄が真摯にフランチェスカを思ってくれていることが伝わってきて――フランチェスカは唐突に、天啓のようなものを感じた。

「そうね……私、マティアス様と結婚しようと思うわ」

自分から口に出しておいてなんだが、音にのせた瞬間、しっくり来た。

曖昧な靄(もや)がかかっていた視界が、綺麗に晴れていく。

どうやっても結婚が避けられないというのなら、兄の命の恩人というのは悪くない選択ではないか。少なくとも貴族の地位に胡坐(あぐら)をかいて、なんだか偉そうだったり、女遊びにしか興味がない男より絶対にマシである。

その瞬間、カップに紅茶のお代わりを注いでいたアンナが驚いたように「お嬢様、本気ですかっ!?」と声をあげる。

それもそうだろう。家族の命の恩人だとしても、貴族たちから疎まれている男性にわざわざ嫁ごうという酔狂な貴族の娘はいない。

「しっ……失礼しました」

兄妹の視線を受けて、アンナは慌てたように口元を押さえて頭を下げたが、フランチェスカは「いいのよ」とうなずき言葉を続けた。

「だって、お兄様がこの人だって言ってくださったんだもの。どうせ結婚しなくちゃいけないのなら、信頼できる人のお墨付きのほうが安心できるわ」

資産や容姿、王国内の貴族としての立ち位置も大事かもしれないが、そもそも社交界からほど遠いところで生きてきたフランチェスカには、それらはなにひとつ重要なことではない。

フランチェスカが愛するのは物語だ。

欲しいのはそれを紡ぎ続けられる自由である。

「ちなみに今更だけど、マティアス様は一度もご結婚されていないの？」

新聞の写真は荒いものだが、三十代なのは間違いないだろう。普通なら結婚して子供のひとりやふたりいてもおかしくない年齢だ。

(それならそれで、私が子供を産む必要がなくなるから気が楽なんだけど)

嫁いだ妻の責務は、爵位と領地を守る跡継ぎを産むことである。だがマティアスに子供がいるのなら、その必要がなくなる。

「平民だった頃からおひとりだったけど、貴族軍人になってからも相変わらず独身を貫かれているようだよ」

「そうなの……」

仮に王都の貴族に疎まれているとしても出世をしているのは間違いないのだから、爵位目当ての商家や軍人派閥から、結婚の話は出ていてもおかしくないのだが。

「どうして結婚なさらなかったのかしら？」

もしかしてとても世間には言えないような、あぶない性癖をお持ちなのだろうか。

そう思うと、怖いと思うよりも先に物書きの好奇心がムクムクと膨らんでくる。

「理由はわからないけれど、だからってマティアス殿の人格に問題があるとは思えないよ」

「――そうね」

上官の命令を無視し命がけで兄を助けてくれたのに、爵位も領地もいらぬと固辞した人だ。悪い人ではないように思う。

（そうだわ……考えてもみれば、八年も王都に顔を出さないポリシーをお持ちなら、妻の私も引きこもっていられるじゃない！）

シドニア領は王都からかなり離れている。貴族間の付き合いも薄そうだし、畏まった場所となれば貴族は夫婦同伴が前提になる。今更自分だけに社交界に顔を出せ、ということもないだろう。

貴族の妻の煩わしい人付き合いをやらなくていいというのは、フランチェスカの中でメリットでしかない。

それこそ執筆活動だって続けられるのではないだろうか。

その事実に気づいたフランチェスカは、胸のつかえがとれた気がした。

意外なところから自分の進むべき道が見えて視界がパッと明るくなる。

「お兄様、私、マティアス様と結婚します。ぜひお話を進めてくださいっ！」

そしてわずか一か月後――。フランチェスカは持参金と花嫁道具を携えて、シドニア領へと向かう馬車の中にいた。

汽車で移動という手もあったのだが、警備上の理由で馬車になった。フランチェスカは王都から出たことがなかったので、人生初の長旅だ。

窓の外にはちらちらと雪が降っている。王都はもう春の気配が漂っているが、シドニア領地はアルテリア王国の北にあり王都よりずっと寒い。聞くところによると一年の三分の一が冬らしい。

「お嬢様。中将閣下からは『結婚はお受けできない』って返事が来たんですよね？」

アンナが眉のあたりにきゅっと皺を寄せてささやく。

「ええ。でもマティアス様は断れる立場ではないから。私はそれを無視してこうやって押しかけているの」

フランチェスカはお尻の下に新しいクッションをねじ込みながら、こくりとうなずいた。

兄から両親へ、そして王家へ。マティアス・ド・シドニア閣下への嫁入りは、フランチェスカの強い希望であっという間にまとまってしまった。

両親は、愛する娘が評判がよろしくない男のもとに嫁ぐことに、感じるものがなかったわけではないらしいが、最終的に「お前たちがそこまで言うなら」と、フランチェスカとジョエルの意見を受け入れてくれた。

一方、侯爵家から結婚を打診されたマティアスはかなり驚いたようで、手紙で何度も『身分が釣り合わない』『侯爵令嬢をお招きできるような状況ではない』と丁寧な返事が届いていたのだが、それは『謙遜』と受け止めて話を進めた。

強引なのは百も承知だが、これも己の自由を守るためである。

「本当にご遠慮いただきたいというのが、マティアス様の本心なのでしょうけど……」

フランチェスカは馬車の窓から外を眺めながら、ため息をつく。

彼が王女の孫である侯爵令嬢との結婚に利益を感じるような男なら、そもそも八年も領地に引きこもってはいない。お金にも名誉にもまったく興味がない男なのだ。

マティアスにとって、フランチェスカはやっかいな貴族の娘でしかないだろう。

「なんとか追い返されないようにしないとね」

しみじみと口にすると、アンナがニコッと笑顔になった。

「大丈夫ですって。お嬢様を見て、気に入らない男なんていませんよ。もんのすごい美少女なんですから」

グッ！　と親指を立てるアンナに、フランチェスカは笑って肩をすくめる。

「なによ、それ……」

確かにフランチェスカは、国一番の美男子と評判の兄とよく似ている。だが自分の顔を鏡でいつも見ているわけでもなし、社交の場に出ることもないので自分の容姿が他人の目にどう映るかは興味がなかった。

「マティアス様が私を見た目で気に入るなんて、楽観的すぎるわ。私みたいなやせっぽちの娘よりも、出ているところがぼ～んと出ている大人の女性しか、相手にしなそうじゃない？」

あくまでも妄想――脳内での話だが、フランチェスカが軍人のヒーローを物語に出演させる時は『男らしい男』として執筆する。

質実剛健、軍人としての責務を一番とし、家庭があったとしてもそれは出世のためで、女を愛したりはしない。娼館(しょうかん)にも通うが馴染みの女性は作らない。好みのタイプは肉感的でセクシーな美女であって、惚(ほ)れられはするが惚れはしない。

(マティアス様も、そういうタイプなんじゃないかしら?)

新聞に掲載されていた彼の横顔を思い出す。

少し癖のある赤い髪に意志の強そうなまっすぐで凜々(りり)しい眉。すっと通った鼻筋に意志の強そうな唇。首も太く、いかにも軍人というような風貌だった。

貴族の間では、兄のジョエルのように絵画から抜け出した天使のような男が圧倒的に受けるが、人の好みというのはそう単純なものではないとフランチェスカは知っている。むしろフランチェスカは自分にない生命力――のようなものを持つ人を、純粋に好ましいと思っていた。

兄を担いで敵国から逃げてきたという中将に対して、悪い印象はなにひとつない。

「でもこれで、お嬢様も作家を辞めなくて済みますね。王都からこんなに離れてるんですから、これまでどおり執筆し放題ですよっ。あたしもお嬢様をサポートしますからねっ」

アンナが浮かれた様子で、目の前でグッと力強くこぶしを握った。

「もしかしてあなたが私についてくるのは、原稿のためなの?」

「お嬢様の原稿を王都に持って行けば、そのたびに出版社が特別手当を出してくれるって言うんでっ」

アンナはキリッとした表情でうなずいた。

現金なものだが、悪い気はしない。

フランチェスカの侍女であるアンナは昔からお金が大好きだ。兄と弟妹が五人もいる環境で育ったせいか、働く前からずっと『自分ひとりの家』が欲しかったらしい。

結婚願望もなく、とにかく働いて資産を増やし、老後は自分のための家を買い悠々自適に暮らすのが人生の目標なのだと言う。

給金が倍になると聞いて、自ら『お嬢様についていきます！』と鼻息荒く立候補してシドニア領についてきてくれた。お金目当てでも、フランチェスカとしては気心の知れたアンナが側（そば）にいてくれるのはありがたい話だし、フランチェスカはこういうアンナのことが大好きなのだ。

「とりあえずマティアス様が私を追い返しさえしなければ、きっとうまくいくって信じましょう」

形ばかりの妻でいい。いつか死ぬものとして十八になるまで箱入りで育てられた自分が、当たり前のように妻になれるとも思えない。

両親や兄夫婦のように、夫婦仲睦（むつ）まじくというのに憧れはするが、多くを望んでは罰が当たるだろう。

ただひとつ、フランチェスカの願いはこれまで通り物語を紡ぐ、そのことだけだ。

「ところで中将閣下は、愛人をお持ちになってないんですかね？」

アンナがふと思い出したように尋ねる。

「三十五歳の男性なのだから、いてもおかしくはないわよね」

フランチェスカもまた、軽く頬に指をあて、首をかしげながらうなずいた。

『愛人は貴族のたしなみ』とも言われているが両親は恋愛結婚で、兄もそんな両親に育てられたせいか、妻子をとても大事にする男だった。

だが自分の家族がそうだから他人もこうであるべき、と意見を押し付ける狭量なフランチェスカではない。人の気持ちはどうにもならないものだし、そもそもフランチェスカは侯爵令嬢としての圧力を利用して、いやがるマティアスを押し切って嫁ぐのだ。

彼に愛人がいたとしても、邪魔するつもりは微塵もなかった。

「マティアス様に愛人がいらっしゃったとしても、領主の妻として受け入れるわ。決していらぬ悋気なんて起こさないことを神に誓います」

あっさりとそう口にするフランチェスカに、アンナはなぜか呆れたように苦笑する。

「そんなこと言って、もしお嬢様が恋をしたらどうするんですか？」

「えっ、私が？」

恋をしたら、という耳慣れない言葉を聞いて、驚きのあまり目をぱちくりさせてしまった。

「そうですよぅ。お嬢様だって花の十八歳。中将閣下のことを好きになるかもしれないじゃないですか」

「全然ぴんとこないわ。物語を書くこと以上に楽しいことって、この世にないし」

ゆるゆると首を振り、フランチェスカは窓の外を眺めぼんやりと考える。

（私が恋をする？　夫になる人を好きになる？）

すでに馬車はシドニア領内に入っており、明らかに景色が変わっている。

いったいなんの花なのか、低木ではあるがぼってりとした鞠のような緑の花をつけた植物が、馬車道のいたるところで咲いており目を引いた。窓の外は雪がちらついているのに枯れ木になっていないのはなぜだろう。

どういう理屈なのだろうか、不思議な植物もあるものだと考えていると、また少し面白くなってきた。

(同じ国の中でも、少し離れればもう私の知らない世界になるんだわ)

王都の中でなんの変化もなく生きてきた自分も、新しい土地で変わってしまうのだろうか。

それこそ、物語を紡ぐ以上に楽しいことを見つけたりするのだろうか。

(たとえば、夫に恋をしたり……?)

少しだけ考えて、いやそれはないだろうとフランチェスカは首を振る。

恋物語はたくさん読んだが、自分が恋をしたいと思ったことはない。

屋敷から出られない環境のせいもあったかもしれないし、そういう性格なのかもしれない。

物語を紡ぐくせに、現実に対しては妙にリアリストで『現実はおとぎ話のようにうまくはいかないし、引きこもりで社交性のない自分が恋愛するなんてあり得ない』と思っているふしがある。

「私が欲しいのは執筆の自由よ。夫になる人がどこでなにをしても気にしないわ」

そう、フランチェスカは今まで通り小説を書ければ、それで十分なのだから。

だが結局、フランチェスカはシドニア領に到着早々に昏倒してしまい、体調を取り戻したのは三日後のことだった。

「旦那様は今朝から領内の視察に行っておりまして。フランチェスカ様にご挨拶ができないことを代わってお詫びいたします」

午後のお茶の時間、ダニエルと名乗る家令がフランチェスカの部屋にやってきた。その声を聞いて、フランチェスカが押しかけて来た時に、部屋を用意してくれた男性だと気が付いた。

年の頃は五十代前半くらいか。綺麗に整えた銀色の髪と思慮深い灰色の目をした痩身の男である。眼鏡の奥の瞳はやんわりと微笑んでいるが、どこか底が知れない雰囲気があった。

（タダ者ではなさそうね）

フランチェスカはそんなことを考えながら、にっこりと微笑んだ。

「到着早々、ご迷惑をおかけました。もうすっかり元気になったので、結婚式の準備を進めてください」

「結婚式ですか……」

その瞬間、ダニエルのニコニコ顔が若干引きつる。空気を仕切り直そうとしているのか、白い手袋をはめた指で眼鏡をクイッと持ち上げた。

「気になることがあれば、どうぞ遠慮なく話してください、ダニエル」

そう水を向けると、彼は思い切ったように息を吐き、それから目を伏せる。

「実は旦那様にはご結婚の意志がなく……フランチェスカ様のことも、静養いただいた後は王都にお戻りいただくようにと」

「帰りません」

フランチェスカはきっぱりと言い切る。

「――」

ダニエルが笑顔のまま凍り付いた。

「私はこの地で一生を終えるつもりで来たのです。それにもう、今更帰れないわ。いさましい軍人でいらっしゃる中将閣下に到着早々返品されるなんて、どんな恐ろしい女なんだって笑いものになってしまうもの。そうでしょう?」

「ふふっ」

フランチェスカの気安い冗談がツボに入ったのか、ダニエルは笑みをこぼし、それから慌てたように表情を引き締める。

「ではフランチェスカ様は、どうしてもあの方と結婚されるおつもりなんですね?」

「ええ」

フランチェスカはにっこりと微笑んだ。

「たとえ旦那様がそれを望んでおられないのがわかっていても?」

「――」

ダニエルは相変わらず穏やかに微笑んでいるが、その瞬間フランチェスカの笑みは凍ってしまった。

ダニエルはさらに言葉を続ける。

「旦那様には、今まで数えきれないほどの縁談が舞い込みました。この地を治め人々の暮らしを守り続けてきたのは旦那様です。王都でなんと言われようとも、娘や孫を嫁がせたいという有力者は多くいましたからね」

ダニエルは中指で眼鏡を押し上げると、軽く目を細めた。

「だが結局、旦那様は誰ひとり選ばれなかった。お気を悪くしないでいただきたいのですが、そんな旦那様に、あなたが選ばれると思いますか？」

あなたが『選ぶ』のではない。選ぶのは我が主君だと、ダニエルははっきりと言い切ったのである。

彼の灰色の瞳は冷静にフランチェスカを品定めしている。

フランチェスカが頭に血をのぼらせ『無礼だ』と叫べば、もう二度と自分の話を聞いてはくれないだろう。

（この人やっぱり……すごいわ）

その瞬間、フランチェスカは心を決めた。

（嘘で誤魔化しても、きっとすぐに見抜かれる。だったら本音を打ち明けるしかない）

フランチェスカはすうっと大きく息を吸って、それから力強くうなずいた。

「マティアス様が結婚を望んでおられないのは、これまで散々断られて十分身に染みてわかっています。でも私も、それなりの覚悟を持って押しかけて来たんです。帰るつもりはありません。あの方に認めてもらえるよう、努力します。だからダニエル、あなたには私を信じて味方になってほしい。――お願いいたします」

そしてフランチェスカは、深々と頭を下げた。

その瞬間、彼は少し驚いたように眼鏡の奥の目を見開いた。

それもそうだろう。貴族は使用人に頭を下げたりしない。

だがフランチェスカは普通の貴族令嬢ではない。幼い頃から世界中の本を読みさまざまな価値観に触れ、それを認める家族と共に過ごし、大事なのは身分ではなく、その人がどう生きたかであると、根っこに染みついている。

身分がどうあれ、お願いする側が誠意を見せないで人の心を動かせるはずがない。

「――そうですか」

フランチェスカの答えを聞いて、ダニエルはほんの少し表情を緩めた。

それから数秒、彼は視線をさまよわせた後、

「畏まりました、フランチェスカ様。お手伝いいたしましょう」

思い切ったように、はっきりと言い放った。

「ダニエル！」

フランチェスカの顔がぱーっと明るくなる。

ダニエルはどういたしまして、と言わんばかりに軽く肩をすくめる。

「本音を言えば、周りから『結婚しろ』と言われても、忙しさを理由に断っていた旦那様なので、

今回の結婚は『勿怪の幸い』だと思っていたのです。今後のことはお任せください」

そしてダニエルは胸に手を当てて一礼し、それから部屋を出ていく。

黙って背後に立っていたアンナが、どこか疑わしい顔でフランチェスカの顔を覗き込んできた。

「あの人、味方になってくれますかね？　結構強烈でしたよね。とても貴族に仕える側の人間には見えなかったんですけど」

自分のことを棚に上げて、アンナが眉をひそめる。

「そうなってくれればいいなと思ってるわ。だってすごく優秀でしょう」

「寝込んでおられたのにそんなことがわかるんですか？」

「三日間寝ていても十分把握できたわ」

そしてフランチェスカは椅子からぐるりと、自分に与えられた部屋を見回す。

シドニア領主の屋敷は、想像よりずっと洗練されていた。

王都では野蛮なケダモノのように言われていたが、屋敷内は非常にシックで落ち着いたたたずまいをしている。

若草色の絨毯に、薄いすみれ色の小花柄の壁紙。マスタード色のカーテンはドレープが美しく見えるように寄せられている。部屋のすみに置いてある書き物机やガラスの花瓶にはほこりひとつ浮いていない。窓の外から見える中庭では、庭師がよく手入れをしていて、冬にもかかわらずフランチェスカが見たこともない緑の花が美しく咲き誇っていた。

あれはこの土地に来る途中に見た、不思議な低木だ。

フランチェスカはなんでも王都が一番で、王都にないものはないと思っていた。

だが本当は違う。辺境と言われていたこの土地にも、ここでしか見られないものがきっとたくさんあるのだろう。

「急に押しかけてきたのに、使っていない部屋がとても清潔に保たれていた。食事だって素朴だったけどとても丁寧な仕事だったわ」

大麦のミルク粥(がゆ)に林檎(りんご)、野菜が柔らかく煮込まれた温かいスープと絞りたてのフレッシュジュース。体調を気遣って比較的消化のいいものを作ってくれたのだろう。出されたメニューはどれも食べやすいものばかりだった。

「確かに……洗濯物にはいつもぴしっとアイロンがかかってますしね。暖炉も煤(すす)ひとつついていませんよ」

アンナがうんうんとうなずく。

家令はその家の資産管理や使用人を束ねる事務方のトップだ。屋敷がうまく運営されているのは、ダニエルが非常に優秀な男という証拠になる。

「家令が十分自分の力を発揮できているのなら、それはマティアス様がいい主人だってことよ。私、あの方と結婚します」

いまだに夫になる人に会えていないのだが、フランチェスカの気持ちはもう完全に結婚に向けて傾いていたのだった。

＊＊＊＊＊＊＊＊＊＊＊＊＊＊＊＊＊＊

「はぁ⁉　帰ってないっ⁉」

「はい」

マティアス・ド・シドニアは、数日前から引きこもっている執務室で受けた報告に、頭を殴られたような衝撃を受けた。

思わず持っているペンを真っ二つに折りそうになってしまったくらいである。

開いた口がふさがらないマティアスとは対照的に、目の前のダニエルはニコニコと微笑みながら、

「それどころか、結婚式の準備を着々と進めておられますよ。私も見せていただきましたが、フランチェスカ様が持参した花嫁衣装はなんと亡き王女殿下のものらしく、本当にすばらしい逸品で……！　かつて商会を率いていた時に、王女殿下の贅を尽くしたドレスの噂は聞いていたので、生で見ることができて本当に嬉しかったですねぇ〜！」

と瞳を輝かせていた。

こんなに機嫌のいいダニエルは珍しいが、はいそうですかとうなずけるはずがない。

「いや……なんでそうなる」

マティアスははぁ、とため息をついて、ペンを置き書き物机の上で指を絡ませ肘をついた。

（誰か嘘だと言ってくれ……！）

半ば現実逃避で公舎の外に目線をやる。

窓の外には綺麗に整備された町並みが広がっているが、ここまでくるのに八年の歳月がかかっている。

八年前に赴任したシドニア領は、文字通り荒れ放題の辺境の地だった。もともとは王家ゆかりの由緒正しい土地だったらしいが、領民のことを考えない領主が数代続いたせいで領地は乱れ、人が離れてどんどん治安が悪くなってしまったらしい。人はいないのに当時の建物がそのまま残り、荒涼とした廃墟と化していた。

町の主役は民である。人がいないと話にならない。

そこで赴任したばかりのマティアスは、まず人をこの地に集めることにとりかかった。領内の中心地に、王都から自分を慕ってついてきた部下たちを、五十人住まわせることにした。

『廃墟は全部更地にして、自分たちが新しく住む家を建てよう』

マティアスの部下たちはほぼ全員が平民出身で、手に職を持っている男ばかりだ。設計士に大工に左官、家具職人などいくらでもいて、家づくりにはそれほど苦労することはなかった。

そのうち料理人の息子が食堂を開き、農家の息子たちが自給自足のために畑を作り、馬や牛を飼い始めた。日々、自分たちの生活のために地道に町を整備していると『シドニアに行けば仕事がある』という噂がじわじわと広まっていった。

そうやって集まってきた日雇いの人間のために簡易宿ができて、彼らに食べ物を売りに来る人間も集まる。日々の生活に必要な日用品を売る行商人が増え、市場が自然発生した。

八年経ってようやく、数万人の人口が集まるまでに大きく成長したのだった。

ちなみに部下たちのために建てた建物は、自分を慕って軍を離れた彼らを飢えさせるわけにはいかないと、治安維持の仕事を任せたり、住人同士のもめ事を解決する部署を作ったりしているうちに公的な意味をもつようになり、現在はシドニアの公舎として機能している。

部下たちはそのまま役人になった。彼らは家族を持ち、この地で生きることを選んだ。

(まぁ、俺はいまだに独身だが)

マティアスは自嘲気味にふっと笑って、改めて目の前の優秀な男ダニエルに視線を戻す。

彼はもともと王国の商家の出身で大きな商会を率いる男だったが、シドニア領で商売をするうちになぜかマティアスを気に入ってしまったらしい。

ある日いきなり息子夫婦に商会を譲り『私を雇ってください』と押しかけて来たのだ。

すぐにいやになるだろうと思ったが、結局五年以上一緒にいるのだから不思議なものだ。

「どうして俺なんだろうな」

「ジョエル様のご推薦だからでしょう」

「――はぁ」

マティアスはまた大きくため息をつく。

「最初は五十人の部下、それからダニエル……今度は自称妻か。俺はいつも誰かに『押しかけ』られてばかりいるな」

望む望まないは別にして、己はそういう星のもとに生まれたのかもしれない。

自嘲しつつぽつりとつぶやくと、

「諦めて結婚いたしましょう。あなたももう三十五歳なんですから。三十五ですよ、三十五。私はその頃は三人の子持ちでしたよ」

ダニエルはニコニコと微笑みつつ、チクチクとマティアスの柔らかい部分を刺してくる。

「お前なぁ……」

この男は一応部下の顔をしているが、マティアスのことをどこか出来の悪い息子のように思っているのだ。

ヴェルベック侯爵家からひとり娘との結婚の打診が来た時も、疑うよりも先に『いい機会ではないですか！　侯爵令嬢、いっそ貰ってしまいましょう！』と大喜びしていたくらいだ。

本当に肝が太い男である。

「ここ数年でようやく機能し始めた、領内の治安を守るのが俺の仕事だ。結婚など……」

我ながら非の打ちどころのない模範的な答えを出せたと思ったのだが、

「跡取りをもうけることも貴族の仕事ですけどね。あなたが跡継ぎを残さないまま死んだら、領主がまた適当な貴族に変わって、シドニア領も元のさびれた土地に戻ります。それでいいって言うんですか？」

「グッ……」

しれっとダニエルに言い返されてしまった。

ああ言えばこう言うダニエルだが、そもそも商人に口で勝てるはずがない。

マティアスは唇をぐいっと一文字に引き結びつつも、脳内で数日前に押しかけて来たフランチェスカの姿を思い出していた。

（だがあれは、美しすぎるだろう……！）

フランチェスカ・ド・ヴェルベック。

馬車からふわふわの白いケープに身を包んだ彼女が降りてきた時、雪の精霊が舞い降りたと思った。

ちらつく白い雪が彼女の緩やかに波打つ金色の髪に次々と降り注ぐ中、青い春の空を映しとった瞳は、熱を帯びたようにキラキラと輝きこちらを見つめていた。

マティアスの手のひらよりも小さな顔は陶器の人形に似て白く滑らかで、手足はすらりと長い。

抱き上げた時はあまりの軽さに綿でできたぬいぐるみでも抱いているのかと疑ったくらいだ。

世界一の芸術家が作り上げた、精巧な人形としか思えないその美貌を見て、それまで帰ってもらう気満々だったマティアスは言葉を失い、見惚(みと)れてしまった。

見た目がいいくらいで、言葉を失ってしまうとは。

そんな愚かな自分に腹が立つし、苛立って仕方ない。

「馬鹿を言うな。相手は侯爵令嬢だぞ。元平民の俺なんか犬以下だ」

いくら美しくても蔑まれるのはごめんだ。己のプライドまで汚すつもりはない。

「八年前、俺が王都で『野良犬』と蔑まれていたことをお前も知っているだろう」

マティアスの発言を聞いて、ダニエルが少しだけ眉を下げる。

「ですがあれは不可抗力だったんでしょう？」

「不可抗力な……」

ダニエルは頬杖をついてため息をつく。

八年経った今でも、あの時のことを微に入り細に入り、マティアスは思い出せる。

「叙勲の儀のために王城に向かう途中、雨にぬかるんだ悪路のせいで、馬車の車輪が外れて往生している貴族がいた。誰もが横を通り過ぎて助ける様子がなかったから声をかけたんだが……俺は儀式に大遅刻することになった」

本来なら『人を呼ぶ』とでも言って、王城に向かうべきだったのはわかっている。だがマティアスは、目の前で困っている人間を無視できる男ではなかった。

馬車を降り、供の者たちと一緒に馬車を道に戻し、外れた車輪をはめて送り出した。染みひとつなかった白い軍服は泥だらけになってしまった。着替えに戻るべきだとわかっていたが、その時点ですでに遅刻だし、侯爵家が用意した儀礼服を着て行かないという選択もなかった。

結果、遅刻の上、泥だらけの衣装で叙勲の儀に参加するという、大惨事になってしまったのである。

「遅れた理由を、正直に話して申し開きされればよかったのに」

ダニエルが不満そうに口にしたが、マティアスは肩をすくめる。

「はぁ？　遅刻を人のせいにできるわけないだろう。それに俺が『礼儀知らずの野良犬』と中傷されるようになっても、助けた貴族は名乗り出てはこなかったんだぞ。俺の名誉を回復しようとはしなかった。俺なんかに関わったことを恥じたんだろう。それがすべてだ」

おそらく馬車には、かなり身分の高い貴族が乗っていたはずだ。

彼らはマティアスに助けてもらいながらも、その一方で素性もわからないやつを貴人に近づけないぞという警戒態勢を一度も崩すことはなかった。そして馬車が元通りになると、何事もなかったかのようにその場を立ち去った。

泥だらけのまま雨に打たれ、マティアスはその馬車を見送った。

（別に、なにかしてほしくて助けたわけじゃない……）

褒美をやると言われても断っていただろうし、恵んでもらうのも業腹だ。

だが感謝の言葉くらい伝えても、いいのではないか――そう思ってしまった自分に心底腹が立った。

貴族にとって平民は犬以下だということを忘れてはいけない。自分たちは使える道具のひとつに過ぎないのだ。彼らは自分を人間扱いはしていない。

だから貴族を信じてはいけない。期待するほうが馬鹿なのである。

それがマティアスがこの八年で学んだ教訓だった。

「ジョエル様から、くれぐれも妹をよろしくと手紙が届いていましたね。あの方の妹君なのですから、信じるに値すると思うのですが」

「……」

あの次期侯爵はマティアスを命の恩人と慕っていて、八年前からずっと折に触れて連絡をよこしてくる。マティアスが返事を送るのは三回に一度くらいだが、それでもマティアスに心のこもった手紙や贈り物を送りつけてくる。信じられないほど義理堅い、そして心のまっすぐな青年なのだ。

（そもそも俺がジョエルを助けに行ったのは、部下を見捨てる上官がムカついただけなんだよな）

八年前、士官学校を卒業したばかりの青年士官を、彼の祖父ほどの年齢だった上官は見捨てて逃げた。助けに行くのは至難の業で、当時は逃げるしか道はなかったのだろう。だがマティアスはそんな上官に反発し『なら俺が助けてやる』と命令を無視してしまったのだ。

本来なら軍法会議ものの命令違反で厳しい処罰を受けるところだったが、助けたジョエルが次期侯爵で王女の孫だったため、逆に爵位と領地を与えられることになった。たたき上げの平民軍人が貴族になってしまった。

そもそもマティアスは、親の顔すら覚えていない帝国から流れてきた戦争孤児だ。食うために十五で軍に入った。そのうち戦場で死ぬだろうと思っていた人生は、八年前から大きく変わってしまったのである。

「……でも、だからって俺なんかに」

思わず泣き言が口を突いて出る。

フランチェスカはなんと十八歳だという。天使か妖精かと見まがうようなお嬢様だ。絶対に釣り合わないし、触るだけで壊れてしまいそうで、本当に恐ろしい。

深々とため息をつくマティアスに、ダニエルはニヤニヤしながら微笑みかけた。

「まぁ、とにかくですよ。現実問題お屋敷に入れてしまったのですから、追い返すことはできません。腹をくくって結婚しましょう」

眼鏡の奥の瞳はキラキラと輝いている。もう逃げ場はないと言っているようだった。

「ダニエル、お前面白がってるだろ……」

「面白がるだなんて。主人の結婚に張り切らない家令はおりません」

「――はぁ」

マティアスはまた深いため息をつく。

「うまくいくはずがないってわかってるのに、どうして……」

思わず泣き言のようなセリフが口を突いて出る。

本当にわけがわからない。

あの侯爵令嬢はいったいなにを考えているのだろうか。

マティアスの王都での評判を知らないはずがないのに、ジョエルもその両親も、なぜ大事なひとり娘を元平民の自分に託そうとするのだろう。

「まぁ、とりあえずやるだけやってみましょう。案外うまくいくかもしれませんよ」

ダニエルはハハハと軽やかに笑うと「万事お任せください」と言って執務室を出て行ってしまった。

「うまくいくかもって……そんなわけあるかよ……はぁ……疲れる……ストレスがすごい……」

ダニエルが出て行った執務室で、マティアスはまた深々とため息をついた後、自分以外に誰もいるはずがない部屋をきょろきょろと見回し、執務机の引き出しをそうっと開けた。

引き出しの中にはひとつ、小さな箱が入っている。

貴重品を入れて保管するためのものだ。執務机の上に丁寧に置くと、恭しく両手で箱を開ける。そして中から『宝物』を慎重につまみあげ、それからそうっと手の中で包み込んだ。

（かわいい……）

それは『ポポルファミリーシリーズ』と呼ばれる小さな黒うさぎの人形だった。

小さな木彫りのウサギに布を張り人間と同じような洋服を着せているその人形は、王都のみならず世界中で愛されている女児用の玩具である。ウサギだけでなく猫や犬、クマなどの動物がありバラエティーに富んでいるシリーズだ。

マティアスは八年前、貴族に『不調法者』『礼儀を知らぬ野良犬』と嘲笑されながら王都を離れる時、なんとなく――たまたまショーウィンドウに並べられたその小さな人形に心惹かれて購入し、それからずっと、お守りのようにして持ち歩いていた。

この八年、領地運営が思うようにいかない時があっても、せっかく開墾した畑が長雨でだめになった時でも、人前では弱音ひとつ吐かず、自分の心を小さな人形を眺めることで癒すようになった。

他人に弱みは見せられない。だがささくれた心を慰めたい。

そういう時は、モノを言わぬつぶらな瞳の人形を見ていると、不思議と心が落ち着くのである。辛いことがあっても『大丈夫』『自分なら乗り越えられる』と励ましてもらえているような、そんな気になるのだった。

そして気が付けば、八年間でコレクションは膨大な数になっており、マティアスは心労が重なると秘密の別宅へ赴き、ワインを飲みながら人形を眺めるという、とても人様には話せない趣味をもつことになった。

三十五の男がやることではないと頭ではわかっているが、どうにもやめられない。

正直言って、自分にこんな『癖（へき）』があることをマティアスは知らなかった。

生まれた時から体格がよく、十代前半ですでに大人より頭ひとつ背が高かったマティアスは、自分は『男らしい男』だと思っていた。だがその一方で、小さくて愛らしい、無垢（むく）な人形に心を寄せ、癒されている。

この趣味は絶対に秘密だ。男らしくないどころか、女児用の玩具をこっそり愛（め）でて心の支えにしているなんて、気持ち悪いとなじられるに決まっている。

（そんな俺が、結婚なんてしたってうまくいくはずがない……そうだろ？）

もし万が一、フランチェスカが兄のジョエルと同じ、偏見を持たない公平で義理堅い女性だったとしても、人形を眺めながら酒を飲む男だと知れたら、軽蔑されるに決まっている。

「絶対に、知られるわけにはいかないんだ」

マティアスは黒うさぎの人形に顔を寄せ、祈るように目を伏せると、何度目かのため息をついたのだった。

＊＊＊＊＊＊＊＊＊＊＊＊＊＊

「お嬢様……本当に、本当に、ほんと〰〰〰にっ、美しいですっ……！」

顔の前で両手を合わせたアンナが、花嫁衣装に身を包んだフランチェスカを見て、祈るように目を潤ませる。

「ありがとう、アンナ。おばあ様のドレスのおかげね」

フランチェスカは苦笑して鏡の中の自分を見つめた。

今朝は夜が明ける頃に起床し、湯船に浸かった後にたっぷりのマッサージを受けた。普段は化粧などしないが、ダニエルが用意してくれた化粧師や髪結いたちが、フランチェスカをこれ以上なく美しく飾ってくれた。我ながら本当によく化けたものだと思う。

かつて祖母と母が身に着けた花嫁衣装は、のべ二百人のお針子が手縫いしたと言われている、最高級のエンパイアドレスである。

首や鎖骨、肩や背中はすべて手編みのレースで覆われ、ビスチェには星屑(ほしくず)のようにダイヤモンドが縫い付けられており、長い裾のロングトレーンにはアルテリア王国の国章である百合(ゆり)の花をかたどったレースがたっぷりの銀糸で刺繍(ししゅう)されている。

いつもは下ろして自由になびかせているフランチェスカの金の髪は、複雑な形に編み込まれており、頭にはフランチェスカの瞳と同じ、目が覚めるようなブルーサファイヤがはめ込まれたティアラとヴェールが飾られていた。

「いいえっ、これはお嬢様の手柄ですっ。お嬢様は本当に綺麗ですっ！」

アンナはキリッとした表情でそう言い放つと、目の端に浮かんだ涙をさっとハンカチでぬぐって「侯爵様たちの様子を伺ってきますね！」と両親の様子を見に控室を出て行った。

（私、いよいよ結婚するのね……）

フランチェスカがマティアスの屋敷に入ってから二週間。

『任せてください』と言ったダニエルの言葉に嘘はなく、とんとん拍子で準備が進み今日フランチェスカはマティアスの妻になる。

アルテリア王国からは両親と兄が昨晩到着しており、結婚式に参加してくれることになっていた。ちなみに式はシドニア領内の教会で行われるのだが、急に決まったことにもかかわらず、領民たちは大盛り上がりで、すでに町中がお祭り騒ぎだ。

（耳を澄ませば、太鼓や笛の音が聴こえてくるわ）

窓を開けてよく見てみたいが、そんなことをするとアンナに怒られてしまうのでグッと我慢する。そうやってしばらく待っていると、ドアが軽くノックされる。アンナだろうかと「はぁい」と返事をすると、ドアがガチャリと開いた。

「フランチェスカ様」

「っ……!?」

男性の声に驚いて振り返ると、そこには濃紺の儀礼服に身を包んだマティアスが立っていて、フランチェスカの心臓は、信じられないくらい跳ねあがっていた。

「マティアス様っ！」

彼とこうして顔を合わせるのは、約二週間ぶりだった。

なにか言わなければならないという思いに駆られ、フランチェスカは慌てて立ち上がり、マティアスのほうへと歩き出す。だが次の瞬間、長いドレスの裾をつま先が踏み、体がバランスを失った。

「あっ」

「あぶないっ！」

ぐらりと傾くと同時に慌てたようにマティアスが大股で近づいて来て、フランチェスカの体を正面から抱きとめる。初めて会った時も思ったが、彼の体は大樹のようにがっしりとしていて、自分がぶつかった程度ではぐらりともしなかった。

（やっぱり軍人でいらっしゃるから、私とは体つきが全然違うのね）

そんなことを考えながら、フランチェスカはマティアスを見上げた。

彼はフランチェスカより頭ひとつ以上背が高く、見上げるだけで首が痛くなりそうだし、話しづらい。

だがフランチェスカはどうしても彼の目を見て話がしたかった。

自分でも不思議なことだが、彼の美しい緑の瞳を見ていると、なんだか心が落ち着くのだ。

「すみません」

「いいえ、こちらこそ驚かせて申し訳なかった。侍女にドアを開けさせるべきでした」

マティアスは困ったように視線をさまよわせた後、それからフランチェスカの手を取り、椅子へと座らせる。

そしてその場にサッとひざまずき、真摯な表情で言葉を続けた。

「準備ができたのでお迎えに来たのです。これから馬車に乗って教会に行き、結婚同意書にサインをした後は、お披露目を兼ねて馬車で領内を回ります」

「はい」

「今日は運よく天気もいいですが、花嫁衣装を領民に見せるのは教会に入る前と後だけでいいでしょう。馬車の足元には火鉢を置いておきますが、移動中は必ず毛皮のケープを羽織ってください。それと領内の整備はこの八年でかなり進んでいますが、馬車道に関してはすぐに悪路になってしまうこともあり、万全とは言えません。気分が悪くなったら、すぐにおっしゃってください。それから——」

マティアスは恐ろしく真面目な表情で次から次に、注意事項を口にした。完全に仕事の雰囲気である。夫の妻に対する態度というよりも、貴人に対する振る舞いそのものだった。

一方フランチェスカはすぐ目の前にあるマティアスの赤い髪が、初めて会った時は下ろされていたけれど、こうやってアップにすると額の形がいいのがわかるなと思ったり、きりりとした眉の下の緑の瞳は、近づいて見ると虹彩が金色に輝いていることに気づいたり。

そして彼のたくましい体を包む儀礼服に、八年前に祖母が彼に与えた勲章が燦然(さんぜん)と光り輝いているのを発見して、誇らしいような気持ちになり、また無性にドキドキし始めていた。

初めて彼と会った時は馬車の旅に心身ともに疲れていて、マティアスに対してもなんとなくふわっとした記憶しかなかったが、改めて見ると、マティアスの男ぶりに目がいってしまう。

(マティアス様って、もしかしてかなりの美男子なのでは……?)

生まれてから十八年、王国一の美男子と誉れ高い兄の顔を見て育ったせいか、兄は別格として、書物の中の美男子のほうが現実よりずっといい！　と思っていた。

だがこうやって近距離で見ると、マティアスは眉も鼻も頑固そうな唇も、シャープな顎のラインもどこをとっても魅力的に見える。

それこそ『フランチェスカがいつも書いている、好ましいと思うタイプの男性』レベルだと思えるくらいに。

「――あの」

マティアスが少し強張った声でうめき声をあげる。

なんだろうと軽く首をかしげると、彼はぎこちなく首を傾けて、目を伏せる。

「お顔が近いです」

「――あら」

言われて初めて気が付いた。フランチェスカは彼の顔をかなり至近距離で見つめていたらしい。

「失礼しました。マティアス様のお顔をよく見たいと思って」

「えっ？」

マティアスが不意打ちをうけたような、きょとんとした表情になる。

「とても綺麗な目をしていらっしゃるんですね。瞳の真ん中が濃い緑色で、そのふちが金色に輝いて、グラデーションになっているんです。キラキラ光って宝石みたい。つい見惚れてしまいました」

フランチェスカはえへへ、と微笑んだ。

周囲から結婚を急かされていた時は、夫になる人の造形などどうでもいいと思っていたが、いざマティアスと式を挙げる段階になってみると、自分が好ましいと思うタイプの顔であるに越したことはないような気がしてきた。

（マティアス様のお顔を見ていると、なんだか妄想がはかどりそうだわ。彼を主役にするのなら、どんな青年を相手役にしようかしら）

これは執筆が進みそうだと考えていると、

「――グッ」

地面をにらみつけているマティアスから謎のうなり声が聞こえた。

お腹が空いているのだろうか。

「マティアス様？」

「――大丈夫です。なんともありません」

マティアスはなぜか左の胸のあたりを手のひらで押さえ、何度か深呼吸をしつつ視線をさまよわせた後、思い切ったように立ち上がった。

「さ、参りましょう」

「……はい」

様子がおかしかったのは気のせいだったようだ。

とにかく少し話しただけでわかった。マティアスはとても親切な男性だし、フランチェスカをひとりの女性として尊重してくれるタイプの人間だ。

もしかしてフランチェスカが部屋にこもって小説を執筆していても、内容さえバレなければ、文句は言わないかもしれない。

（私は運がいいわ。やっぱりこの結婚は間違っていなかった）

フランチェスカは彼の手を取り、改めて自由な生活のスタートを切れるに違いない幸福をしっかりとかみしめたのだった。

二章「旦那様をその気にさせる方法」

結婚式を終え、すべての予定をこなして屋敷に戻ってきた頃、時計の針はすでに深夜を回っていた。それから慌ただしくドレスを脱ぎ、熱い湯船に浸かり、花嫁衣装を着る時以上に磨かれたフランチェスカは、これまた感極まったアンナにぎゅっと抱きしめられて「旦那様にお任せすればいいんですよ」と言われ、うなずいた。

そしていざひとりになり、夫婦の寝室で夫が来るのを待っている。

お茶でも飲みたい気分だが、あまり水分を取りすぎるのもよくないだろう。水差しからコップに少しだけ水を注ぎ、唇を濡らして我慢することにした。

（緊張するわね……）

薄い夜着を一枚着ただけのフランチェスカは、天蓋付きのベッドの縁に座り、すぐ側でパチパチと音を立てる暖炉の炎をじっと見つめる。

文字通り、箱入りを通り越して世間知らずの自覚があるフランチェスカだが、夫婦になった男女がなにをするかくらいは貴族の義務として当然知っている。幼い頃、大人しか読んではいけないような本もこっそり盗み読みしていたくらいなので、それなりの知識はある。

とは言え、ただ知っているだけの知識と実践に大きな隔たりがあることも、わかっているのだが。

（まぁ、マティアス様は大人の男性だし、ご経験も豊富だろうからすべてをお任せして大丈夫よね）

経験豊富——。

自分でそうに違いないと決めつけておきながら、なんだかその言葉がちくりと胸を刺す。

（そういえば、愛人がいらっしゃるのかどうかお伺いするのを忘れていたわ）

あんな素敵な人にいないはずがない。そのことを考えると、なんとなく胸がざわつく。

結婚前は『気にしない』と思っていたはずなのに。

「……はぁ」

寝室に入ってから、自分でも何度目かわからない頻度でため息をついてしまっていた。

フランチェスカは膝を引き寄せ、ベッドの上で足を抱える。

マティアスはどんなふうに『する』のだろうか。

優しくしてほしいと思いつつ、今日一日壊れ物でも扱うようにしてフランチェスカを気遣ってくれていた彼なら、きっと大丈夫だとも思う。

問題は彼がやせっぽちの自分にその気になってくれるかどうかなのだが、そこはもうどうしようもない。なんとかなると思いたい。

そう、マティアスは結婚式の間も、それが終わってからもずっと紳士だった。領民たちへのお披露目のため、馬車で移動している間も終始フランチェスカの体調を気遣っていたし、同時に両親への気遣いも完璧だった。

両親も結婚式を見て安心したようで、ジョエルと一緒に涙を浮かべてフランチェスカの結婚を祝ってくれた。

とにかく今日、フランチェスカは一生分の『おめでとう』を聞いた気がするが、あれはマティアスが領主として領民たちに慕われていることの証左だろう。

(なんだか、我が事のように嬉しいわね)

フランチェスカはそんなことを考えながら、そのままごろんとシーツの上に横になる。

瞼を閉じると、儀礼服に身を包んだマティアスが領民に熱烈に祝福されていた姿が思い起こされる。

両親や兄夫婦のような特異な事例を除いて、基本的に貴族の結婚に恋愛感情はない。結婚は義務なのだから、それを寂しいと思うことはない。仕事のようなものだ。

フランチェスカだって、兄の推薦と『人嫌いなら貴族の社交の場に出ることもないし、執筆を辞めなくて済むのでは?』という打算で結婚するのである。

だがマティアスが領民に慕われている様子を見て、彼の足を引っ張りたくないと感じていた。

半ば強引に貴族の身分をかさにきて押しかけて来たのだから、彼の利益になるような妻になりたい。

(そうよ、与えられるばかりではだめ。私もあの方に与える妻にならなければ)

だがマティアスは落ち着いた大人の男で、きっとなんでも持っている。彼に足りないものなどなにもない気がする。

（手っ取り早く恩返しできるとしたら……やっぱり跡取りを産むことかしら？）

むしろそのくらいしか思いつかない。

「よし、がんばるわ……がんばって……こどもを……」

むにゃむにゃつぶやいていると、疲れのあまり全身がずしんと重くなった。

フランチェスカはそのまま泥のように眠りに落ちてしまったのだった――。

＊＊＊＊＊＊＊＊＊＊＊＊＊＊＊

「旦那様、いつまでドアの前に突っ立っているんですか。早くお入りください」

「こら押すなっ、ダニエル！」

背中をグイグイと押して寝室に押し込もうとするダニエルの手を振り払い、マティアスはすっかり乾いてしまった赤毛をかき上げる。

だがダニエルはなにを言っているのかと言わんばかりに、

「花嫁をいつまでも待たせるわけにはいきませんよ」

と眉間に皺を寄せた。

そう――ダニエルの言うとおり、湯あみを終えたマティアスは夫婦の寝室のドアの前で体が冷え切るまで突っ立っているのだ。

「わかっている」

「本当にわかっているんですかね」

ダニエルが眼鏡を中指で押し上げなら、ため息をつく。

「花嫁を不安にさせるなんて言語道断です。ここはもう夫として決めていただかないと」

「ああ……そうだな」

ダニエルの言うことはもっともだ。いつまでも踏ん切りがつかず立ち尽くしていたが、式は挙げてしまったのだ。腹をくくるしかない。

「部屋に戻っていい」

重々しく言い放つと、

「畏まりました。なにかあればお呼びください」

ドアノブに手をかけたマティアスを見て、ダニエルはようやく首肯した。サッと一礼して踵(きびす)を返す。

「……はぁ」

そしてひとり残されたマティアスは何度も深呼吸を繰り返した後、ドアノブを引いて寝室へと足を一歩踏み入れていた。

「――フランチェスカ様」

思い切って妻になった人の名を呼ぶが、返事がない。聞こえるのは暖炉の薪が燃える音だけだ。

フランチェスカも緊張しているのだろうか。

そう――マティアスの心臓はバクバクと跳ねている。ついでに喉もカラカラだ。

花嫁衣装を身にまとったフランチェスカを見てからずっと、彼女の姿が頭から離れない。上品なドレスに身を包み、シドニア領地の名産のひとつである豪華な貂の毛皮のコートを羽織った彼女は、妖精の女王のように神々しく美しかった。

若い娘に畏敬の念のような感情を抱いたのは生まれて初めてで、自分でも戸惑っている。

もちろんマティアスは三十五歳の男なので、それなりの経験はある。

一応過去には恋人と呼べる関係ももったこともあるが、軍人という職業上どうしてもすれ違いが多くなり、長続きはしなかった。中にはそんなマティアスに『結婚したい』と告げる女性もいたが、一度もその気にはなれなかった。

自分は軍人だからいつ死ぬかわからない。だから好ましいなと思ってもそれまでだと割り切っていた。他人を本当の意味で、自分の心の中に踏み込ませることができなかった。

おそらくマティアスは、他人の人生を背負うのが恐ろしいのだ。

自分ひとりだけのことならどんな結果になったとしても、己が責任を負うだけで済むが、赤の他人と結婚して家族になると考えると、相手の人生を自分のせいで壊してしまうのでは？　という漠然とした恐怖が浮かぶ。

これは自分の生まれ育ちに関係しているのだろう。

戦争で両親をなくしたマティアスは、辛い子供時代に「なぜ自分を産んだ」「なぜ自分を残して死んだ」と親を恨んでいた。成長しても軍の同僚や部下たちが愛する女と家庭を持つのを祝う気持ちに嘘はなかったが、自分はその気になれなかった。死ぬまで一生ひとりがいいと思っていた。

この八年間、爵位目当てとは言え、怒濤のように押し寄せてきた縁談を断り続けていたのは、そんな自分を人として欠陥品だと自覚していたからだ。

（本当に、いいのか……？）

そしてこの期に及んでまだ、マティアスはフランチェスカを妻にすることに怯えている。

咄嗟に左胸あたりを手のひらで押さえる。

式の間もずっと、儀礼服の内ポケットにポポルファミリー人形を入れていたのだが、薄い夜着ではそれはできない。

（ええい……もうなるようになれだ）

大きく息を吐き、半ばやけっぱちな気持ちになりながら、

「フランチェスカ様」

もう一度、妻の名前を呼んだ。

「――」

だが返事はない。寝室は水を打ったように静かだ。

（もしかして、逃げた、とか……）

美しい花嫁は『野良犬』と呼ばれる男と結婚することに、土壇場で怖気づいたのではないか。あり得ない話ではない。

最初から貴族の女を妻にする気などなかった。花嫁に逃げられたとしたら、また世間の笑いものになるだろうが、最初に戻っただけだと思えばそれほどの変化はない。

だが脳裏に、花嫁衣装に身を包んだフランチェスカの姿を思い出して、彼女が逃げたりするだろうか、とも思う。

式が始まる前、マティアスの言葉をなにひとつ聞き逃さないと言わんばかりに、彼女はまっすぐにマティアスを見つめてきた。

『とても綺麗な目をしていらっしゃるんですね』

至近距離でそう言われた時は、驚いてひっくり返りそうになったが、彼女はニコニコと微笑んでいた。

お披露目で馬車に乗った時も『マティアス様は領民に愛されていらっしゃるんですね』となんのてらいもなく口にしていたし『私も頑張らねば』と謎の闘志を燃やしていた。

こう言ってはなんだが、フランチェスカはまったく貴族令嬢らしからぬ肝の太さの持ち主であるような気がする。

マティアスは部屋の中をゆっくりと見回す。

この日のため用意した夫婦のための天蓋付きのベッドの横に置かれたランプに火が灯っているが、部屋の中は薄暗い。花瓶にはたっぷりの深紅の薔薇がいけられていて、濃厚な香りを漂わせている。

緊張しながら妻が待つベッドのもとに歩み寄り、ビロードのカーテンを手の甲で端に寄せて、驚いた。

「っ……！」

思わずうめき声をあげて、その場に崩れるようにしゃがみ込む。わーっと叫びたい気持ちを必死に抑えて口元を手のひらで覆った。

なんということだろう。シーツの上に天使が横たわっている。

（待て待て。落ち着け、マティアス。これは夢じゃない、現実だ）

なんとか己を励ましつつ立ち上がったマティアスは、フランチェスカを見おろした。

薄い夜着をまとったフランチェスカは、黄金の稲穂のような髪をシーツの上に広げてまるで子供のようにすやすやと眠っていた。伏せたまつ毛も金色で、毛先がくるんとカールしている。鼻筋は細く高く、唇は薔薇色で、呼吸とともに柔らかな胸のあたりが、穏やかに上下していた。信じられないくらい圧倒的な美だった。

もちろん花嫁姿も愛らしかったが、着飾らずして、ただ寝ているだけでこんなに美しい人をマティアスは見たことがなかった。

額に入れて教会に飾られていないとおかしいレベルだとしか思えない。

「え……は……？　ベッドに天使が……」

背中に天使の翼か妖精の羽根が生えているのではないか。

何度かぎゅっと目を閉じたり開けたりしたが、夢から覚める気配はない。

マティアスは大きく深呼吸してフランチェスカの枕元に腰を下ろした。

そうやってしばらくフランチェスカの寝顔を見つめていると、次第に落ち着きを取り戻し始める。

「疲れたんだろう……当然だな」

象牙のような滑らかな頬にかかる髪を指でかき分けながら、マティアスは目を細めた。

フランチェスカは生まれつき体が弱く、医者からは十年生きられないだろうと言われていたらしい。なのでジョエルや両親は、彼女を普通の貴族の娘のように育てず、それこそ珠のように慈しみながら育てたのだとか。

だが彼女はその寿命を乗り越え、花のように美しく育った。

そうなれば侯爵令嬢は結婚しなければならない。資産はあるのだから、独身のまま実家で過ごさせればいいと思うのだが、それは平民の考えなのだろう。

力ある貴族であっても、その世界の常識から外れることができない。それればかりはどうしようもないことなのだ。

『フランチェスカが君と結婚すると言い出したのは、王都中のめぼしい貴族や豪商との結婚を断って、どうしようかと途方に暮れていた矢先のことなんだ。帝国貴族も考えたが、そうなるともう二度と娘には会えなくなるかもしれないだろう？　だから今はホッとしている。一般的な貴族の娘とは少し違うかもしれないが、優しくて素直ないい子だよ。娘のことをよろしく頼む。大事にしてやってほしい』

結婚式に参列してくれた侯爵にそう言われた時は、恐縮するやらなんやらでうなずくことしかできなかったが、やはりフランチェスカは少し変わっている。

(兄に言われたから俺と結婚すると決めたらしいが……)

マティアスは叙勲されてから一度も王都に上がっていない。貴族との付き合いはほぼゼロだ。

もともとなんの縁もゆかりもないシドニア領だったが、八年の間にマティアスはこの土地に愛着を持った。おそらく自分はここで一生を終えるだろう。

だがフランチェスカはどうだ。

自分と結婚しても、彼女は華やかな場所で咲くことはできない。

「こんな若くて美しい娘が、かわいそうに……」

マティアスは彼女を起こさないようにゆっくりと頭の下と膝裏に手を入れる。ベッドの中央に寝かせて、上から毛布をかけた。

それから自分はベッドの横の長椅子に向かい、クッションを頭の下に入れつつ、両足を投げ出すようにして横になった。ちらりとベッドを見つめると、フランチェスカは相変わらずすやすやと眠っている。

カーテンの隙間から注ぎ込む月光が、彼女の金髪を鮮やかに輝かせていた。

自分はいい年をした三十男だ。しかも人に言えない、男らしくない趣味を持っている。どう考えても侯爵令嬢の夫になる器ではない。

(彼女には考える時間が必要だ)

のちのちフランチェスカが後悔することにならないよう選択の余地を残すことが、侯爵から言われた『フランチェスカを大事にする』ことなのではないだろうか。

(少なくともここで欲に負けて抱いちまったら、取り返しがつかねぇよ……)

三十五年生きてきて、据え膳を食わなかったのは生まれて初めてだが、仕方ない。

マティアスは何度も深呼吸を繰り返し、己の煩悩を必死で脳内から追い出しながら、目を閉じたのだった。

＊＊＊＊＊＊＊＊＊＊＊＊＊＊＊＊＊＊＊＊＊

可愛いらしい小鳥の泣き声と瞼の上をなぞる太陽の光に、フランチェスカは朝の気配を感じ取って目を覚ました。

（アンナが起こしに来るよりも早く目が覚めちゃった……）

そんなことを考えながらベッドの中で寝返りを打つ。

だがぼんやりとした視界に、長椅子に大きな男が腕を組んで横になっているのが入って、息が止まりそうになった。

「っ……!?」

反射的にビクッとベッドの中で体を震わせたが、長椅子で眠っている男が夫であるマティアスなことに気が付いて、今度は全身からさーっと血の気が引いてゆく。

（えっ、どういうこと!?）

毛布にくるまったまま必死で考えて、ようやくピンと来た。昨日フランチェスカは疲れに負けて、夫を出迎える前にそのまま寝てしまったのだ。

「……」

一応自分の体を見るが、夜着に乱れもなければ体のどこかが痛いだとか、そういった違和感もない。

（ふーんなるほど……私は相変わらず乙女ってことね？）

フランチェスカはゆっくりと体を起こし、毛布の上にかけていた毛皮を肩に羽織り、長椅子で眠るマティアスを見おろした。

彼は大きな体を長椅子に無理やり押し込んだような体勢で、体の前で腕を組み、眉間のあたりに皺を寄せて眠っている。

（寒くないのかしら……）

暖炉はすでに消えている。

軍服を着ていた時にも思ったが、上下別の薄い夜着に身を包んだマティアスの体は、なおたくましかった。組んだ腕は太く筋肉が盛り上がっている。伏せたまつ毛は髪と同じ深い赤色で、昔図鑑で見た、南国の鳥を思わせる。

本当に自分とはなにもかもが違う、大人の男の体だった。

そうやってしばらくフランチェスカはマティアスをじろじろ観察していたが、

（なんだかいけないことをしているみたい……）

恥ずかしいやら照れくさいやらで、次第に見ているのが申し訳なくなってきた。

「あの……」

とりあえずマティアスを起こそうと、おそるおそる手を伸ばした次の瞬間、彼の目がカッと見開かれて手首がつかまれる。そしてフランチェスカの体は宙を浮き、気が付けば長椅子に押し倒されていた。

「きゃあ！」

「わあっ⁉」

フランチェスカが悲鳴をあげると同時に、マティアスも驚いたように声をあげた。

そして慌てたように上半身を起こし、フランチェスカに向かって深々と頭を下げる。

「すみません、つい条件反射で！」

「あっ……あ、そうですね、マティアス様は軍人でいらっしゃるから……そっか……はぁ……」

押し倒されたフランチェスカの心臓はバクバクと跳ねていたが、条件反射なら仕方ない。むしろいきなり驚かせてしまった自分が悪い。手のひらで胸のあたりを押さえて呼吸をしていると、マティアスが目を見開く。

「お体は大丈夫ですか？」

「えっ？　はい、ちょっとびっくりしただけですから」

フランチェスカがこくこくとうなずくと、マティアスはホッとしたように息を吐いた。そして長椅子の上で居住まいをただすと「おはようございます。熱いお茶でも運ばせましょうか？」と少しだけ微笑んだ。

とにかく体が大きいので黙っていると少し怖そうに見えるが、ふとした瞬間に彼はとても優しい顔になる。

にこりと目を細めると目元に少しだけ笑い皺ができて、それがとてもキュートだった。

「はい、でもあの……その前にちょっと……」

お茶は嬉しいが、まず確認しておきたいことがあった。フランチェスカも上半身を起こし、それから思い切ってマティアスを見つめた。

「昨晩は、私たちにはなにもなかった、のですよね？」

するとマティアスはすっと真顔になり、

「――ええ」

と低い声でうなずいた。

いかめしい顔が若干強張っている。

きっとフランチェスカの行いを苦々しく思っているのだ。

「……ごめんなさい、気が付いたら寝てしまっていて」

初夜をこなせなかったなんて大失態だ。申し訳なくなりながらぺこりと頭を下げると、マティアスは驚いたように目を見開き、慌てたように首を振った。

「フランチェスカ様が謝る必要などないのです。結婚の儀式は一日がかりだったし、お疲れになって当然です」

マティアスは本気でそう思っているようだ。

「でも、だからって夫を長椅子に寝かせてしまうなんて、いけません」

部屋から出ずに長椅子で夜を明かしたのは、マティアスなりのフランチェスカに対する気遣いなのだろう。だがベッドは、大人が数人横になってもまったく問題がない広さだ。せめて隣で寝てくれればよかったのにと思わずにはいられない。

するとマティアスは一瞬視線をさまよわせた後、なにかを決意したようにフランチェスカを正面から見つめる。

「フランチェスカ様」

マティアスの大きな手で肩をつかまれて、心臓が跳ねる。

「は、はい……」

もしかして今から初夜の続きをやるのだろうか、と考えた次の瞬間、

「夫婦の寝室は別のままにしましょう」

マティアスは信じられない言葉を口にした。

「——え？」

「あなたが王都に帰りたくなった時のために我々は『白い結婚』でいたほうがいい」

マティアスは非常に真面目な顔でそう言い放つと、それから名案だと言わんばかりに、少しだけ表情を緩めて柔らかに微笑む。

『白い結婚』

フランチェスカの頭の中で、その言葉がぐるぐると回り始める。

白い結婚。それは初夜を済ませない結婚である。いわゆる政略結婚でよく使われる手で『いたしていないので結婚自体が成立していない』という名目により、離婚を可能にする手段だった。

（う……嘘でしょ……）

フランチェスカは驚いてあんぐりと口を開ける。

寝てしまった自分が悪いのだが、今更だ。

なにか言わなければと必死になって声を絞り出した。

「で、でもそんな……私は、あなたの妻になるつもりで、ここまで来たのです。私の家族も喜んでくれたし、帰るつもりなんてありませんっ……！」

フランチェスカだってもう子供ではない。侯爵家の立場を利用して押しかけたのは自分だ。作家でい続けたいという下心あってのことだが、それでも覚悟して『妻にしてくれ』と押しかけた。だからこそ、彼もまたフランチェスカを利用するべきだと思っていた。

(だって、私なんて、貴族に生まれたくらいしか価値はないのよ……！)

体も弱い。社交界にすら出たことがない。

家族に甘やかされて好き勝手に生きてきた自覚はある。

だから彼の血を引く子供を産み、次の後継者として育てる。己の責任の果たし方くらいはちゃんとわかっているつもりだった。

だがマティアスは顎のあたりを指で撫で、少し思案する。

「――では、当分の間は夫婦として振る舞い、表向きは内緒にしておくというのはどうですか？　そうすればご家族の気持ちを乱すこともない。王都に戻る時に打ち明ければいい」

「――」

フランチェスカは言葉を失った。

物言いは優しいが、彼は自分の考えを変える必要を微塵も感じていない。その口ぶりからして、フランチェスカと一年かそこらで離縁するつもりなのではないだろうか。

（どうしよう……）

マティアスの考えていることがわからない。

なんと言っていいかわからず黙り込んだフランチェスカは、ぎゅっとこぶしを握る。

一方マティアスはどこか肩の荷が下りたようなホッとした表情で、フランチェスカの手をそうっと両手で包み込んだ。

「あなたのためです、フランチェスカ様」

その瞬間、なぜか胸がズキッと痛くなった。

言葉もこちらを見つめる瞳も、冷えた体を温めるような体温も、なにもかも優しいのに、突き放されている気分になる。

きっと彼はもう決断してしまったのだ。

初夜に寝入ってしまうような子供を見て、妻にはできないと心に決めてしまったのだろう。

目の奥がカッと熱くなって、喉がつまる。

不安を振り払うように叫んでいた。

「っ……ではせめてフランチェスカとお呼びください。仮に表向きだけだとしても私はあなたの妻になったのですからっ！」

咄嗟にそう言い返していたのは、いったいどういう感情からなのだろうか。

自分のことなのになぜかわからない。だがフランチェスカは、マティアスに他人行儀に扱われたくなかった。

どこか思いつめたようなフランチェスカを見て、マティアスは一瞬驚いたように緑の目を見開いたが、

「わかりました、フランチェスカ。あなたは表向き、俺の妻です。いいですね?」

そしてフランチェスカの前髪をかき分けて唇を寄せる。

口調も、触れるだけのキスも子供に言い聞かせるような雰囲気はあったが、元はと言えば自分のせいだ。

「はい、マティアス様……」

フランチェスカはしぶしぶうなずいたのだった。

「なるほど……。それでお嬢様は相変わらずぴかぴかの生娘、ということなんですね?」

あの後、マティアスは『急ぎの仕事があるから』とさっさと夫婦の寝室を出て行った。

「そういうことなのよ、アンナ……」

フランチェスカは不貞腐(ふてくさ)れながらうなずく。

どうやら朝食も一緒にとる時間はないらしい。なんとなく取り残された気分でいると、それからしばらくしてソワソワした様子のアンナが部屋に入ってきた。ぬるま湯で顔を洗い身支度を整えた後、朝のお茶を飲みながらフランチェスカはアンナにすべてを打ち明けていた。

「マティアス様、本気で私が帰りたくなった時のために、白い結婚でいようっておっしゃってるみたいなの」

「まさかの展開ですね。あたし、お嬢様の子供のお世話をするのを、すっごく楽しみにしていたとこあるんですけど」

一夜明けて人妻になったフランチェスカから、ウキウキするような話が聞けると思っていたアンナは、拍子抜けしたような顔をしていた。

フランチェスカも確かに落ち込みはしたが、これで終わらせるつもりなどない。

「でも私、王都に帰るつもりはないわよ。実は『白い結婚』でしたってことになったら、結局元の木阿弥(もくあみ)じゃない」

「お嬢様は新しい結婚相手を見繕って嫁がないといけないでしょうね」

「そんなの絶対にいやだわ」

フランチェスカははっきりそう口にして、窓の外に目をやる。

「こうなったら、私が『使える女』だってわかってもらうしかないわね！」

謎の闘志を燃やし始めるフランチェスカを見て、アンナが眉をひそめる。

「え？」

「だから、王都に返すのがもったいないって思えるような働きをするのよ。そうすればマティアス様も、私を妻として認めて、手放すのを考え直してくれるかもっ」

そうはっきり口にすると、本当にそうするしかない気がしてきた。

「本気ですか？」

アンナが眉をひそめ、茫然とした顔になる。

「ええ」

フランチェスカはしっかりとうなずいた。

来るなと言われたのを無視して無理を通して来たのだから、疎まれても仕方ないと思っていたが、マティアスはフランチェスカの想像以上に善良な男だった。

『白い結婚』は意地悪で言っているわけでもなんでもない。フランチェスカのためを思って言っているのだ。

それをひっくり返そうというのだから、やれることはなんでもやってみるしかない。

「そうと決まれば領内を見回りに行きましょう」

「はい？」

「まずはこのシドニア領がどんなところなのか調べなきゃ。お忍びで買い物に行くとかなんとか言って、ダニエルに外出することを伝えてちょうだい」

「わ、わかりました」

アンナはたじたじになりながら「王都じゃほぼ引きこもりだったのに……」と首をひねりつつ部屋を出ていく。

アンナを見送ったフランチェスカは、紅茶のカップを口元に運びながらそんな自分をどこか他人事のように、不思議に感じていた。

（確かに我ながら、必死だわ）

王都にいた頃のフランチェスカは、本を読む、小説を書く以外のことはどうでもよく、外の世界とはほぼ隔絶されたまま生きていたし、そんな自分に不満もなかった。

だが今はどうだ。マティアスに『白い結婚』を言い渡されてから、自分を認めてもらいたいと思い始めている。

（追い返されては困るからっていう、それだけなんだけど）

そうだ。気楽な田舎暮らしで執筆生活を楽しむために頑張ろうと思っているだけだ。

ほかに意味などない、はずだった――。


それからしばらくして、午後のお茶の時間を終える頃に、アンナが軍服姿の男性を連れて戻ってきた。

年の頃はマティアスと同じくらいだろうか。丁寧に頭を下げた男は、ずいぶんな色男だった。

「初めまして奥様。ルイスと申します。本日の護衛を務めさせていただきます」

こげ茶色の髪と少し垂れ目の紅茶色の瞳をしていて、すらりとした体軀（たいく）を軍服に包んでいる。

「こう見えて十年前からマティアスの副官でもあります。ジョエル様をお助けした時も一緒にいたんですよ」

マティアスがいかにも軍人然とした男だとしたら、この男はまるで正反対でどこか舞台俳優のような雰囲気があった。

「まぁ、そうだったのね。兄の命を救ってくださったこと、家族を代表して感謝申し上げます」

　フランチェスカは立ち上がり、ドレスの裾をつまんで会釈する。それを見たルイスは慌てたように顔の前で手を振った。

「いやいや、そんな俺がお礼を言われるようなことはありません。助けると決めたのはマティアスだし、ジョエル様を背中に括り付けて走ったのも、全部あの人ですから」

　そしてニコニコと微笑みながら顎のあたりを指で撫で、フランチェスカを見おろした。

「僭越ながら申し上げます。今日はお買い物をされるということですが、もう少し庶民の格好をなさいませんと、目立ちすぎるかと」

「あらっ、そうなのね？　わかりました。すぐに着替えます。アンナ、とりあえず今日はあなたの服を貸してくれる？」

　フランチェスカとしては実家で着ていた部屋着なのだが、どうやら装飾過剰らしい。

「あたしの服ですか？」

　アンナは驚いたように目を見開いたが、王都から持ってきたくるみ製の収納箱には、部屋着一枚にしても目立たない服は一枚も入っていないことに気づいたようだ。

「……わかりました」

　アンナがうなずくと、ルイスは胸元に手を当てて丁寧に頭を下げる。

「では馬車の用意をしてお待ちしております」

　そう言って部屋を出て行った。

慌ただしく身支度を整えたフランチェスカは、アンナに手伝ってもらいながら、若草色の筒袖の簡素なつくりのドレスに着替える。たっぷりしたレースも過剰なフリルもほぼついていない、庶民の女性の外出着だ。黄金の髪は後ろでまとめ、リボンで結んで帽子をかぶった。

「これなら目立たないわね」

姿見の前でくるりと回る。我ながらどこぞの町娘のように見えて、ワクワクした。

「そうですね。お顔を見られなければ、普通の商家のお嬢さんのように見えなくもないです。大丈夫かと」

アンナもメイド服から外出着に着替えて玄関へと向かうと、同じく軍服から普段着に着替えたルイスが待っていた。

彼に手伝ってもらいながらホロ付きの馬車に乗り込み、向かい合って腰を下ろす。

「さて、お買い物ならまずは町の中心地ですかね。若い娘さんが好きそうなアクセサリーだったり、ドレスだったりも取り扱っていますよ。王都でお求めになっていたような高級路線のものを、ということでしたら、この町の商会を取り仕切っているケトー商会にお連れします。ダニエルの息子夫婦が運営しているんです。少々時間はかかりますが、いい職人を取り揃えていますので、新しいドレスだってアクセサリーだって、奥様にお似合いのものを用意することができますよ」

滑らかな口調のルイスの様子からして、ダニエルが彼を護衛に選んだ理由もわかる。

きっと彼はいわゆる都会的な男なのだろう。女性相手ならこのくらいの優男のほうが身構えなくていい。

「それも悪くないけれど、シドニアのことをもっとたくさん知りたいの。だからあなたがシドニアらしいと思うところに連れて行ってくださらない？」

「え？」

フランチェスカの言葉を聞いて、ルイスは驚いたように目を丸くしたのだった。

＊＊＊＊＊＊＊＊＊＊＊＊＊＊

窓の外はすでに真っ暗で、煌々と月が上っている。

静かな執務室ではただ薪の燃える音が鳴っているだけ。机の上には領民たちから寄せられた嘆願書や、決裁するべき書類が積み上げられていて、マティアスはそれを一枚ずつ確認しながら、ああでもないこうでもないと頭をひねっていた。

だがふとした拍子に、今朝長椅子に押し倒してしまったフランチェスカの姿が浮かんで、なんとも形容しがたい、妖しい気持ちが込み上げてくる。

将来のために『白い結婚でいよう』と提案したまではよかったが、フランチェスカはマティアスの話を聞いても、あまり納得していないようだった。

『せめてフランチェスカとお呼びください。仮に表向きだけだとしても私はあなたの妻になったのですからっ！』

そう言って目を潤ませるフランチェスカは非常に愛らしかった。

あまりにも可愛いことを言うので、勘違いして思わず抱きしめたくなってしまったのを、必死にこらえた。とは言え、額にキスをしてしまったので言い訳はできないのだが。

「――」

マティアスは無言で引き出しからポポルファミリーの黒うさぎちゃんを取り出し、じっと眺める。いつもなら『かわいい……』だけで済むのだが、今日は手の中にあるお人形とフランチェスカが重なって、なんだかいけないことをしているような気分になる。

（いや、俺は悪くないぞ！　あの人が可憐すぎるんだ……！）

いい年してこんな言い訳をしたくないが、綺麗で可愛くて繊細な女性を嫌いな男がいるだろうか。もちろん人の趣味は多様なので、美しいものにまったく興味がわかないという男がいるかもしれないが、大半の男は好ましく思うものだろう。

そして可愛いものが大好きなマティアスも、当然『好き』だと感じてしまう。

（だがしかし、これは淫らな目で見ているのではなく、子猫とか子犬とか小鳥とか、そういう愛らしい生き物をいいな、かわいいな、と思うような目線であって、決して人に言えないような劣情ではないっ！）

この問答を朝から百回は繰り返している気がする。

マティアスは両手で包み込んだポポルファミリーの人形を祈るような思いで口元に運ぶ。そう、これは毎日疲れをとってもらっている、白猫ちゃんへの思いと似たようなものだ。

だからこれは問題ない、大丈夫だと己に必死に言い聞かせたが、

「大将、おつかれ〜！」

ノックもなしに、いつもの気安い調子で副官のルイスが執務室に入ってきて、あたふたとマティアスは手に持っていた人形を、引き出しの中に押し込んでいた。

「——なんだ急に」

見られてはないと思うがやはり平静を保つのは厳しい。眉間に皺を寄せて尋ねると、ルイスは大きな紙袋を抱えたままマティアスの前に立ち、中から林檎を取り出して差し出す。

「はいこれ差し入れ」

「ん？　ああ……助かる」

とりあえず受け取り、手持無沙汰でかじりつくとみずみずしい香りと果汁が口いっぱいに広がる。

今日は書類仕事が溜まっていて、一日中机にかじりついていたので、酸味が体に染みた。

「大将、ちゃんとメシ食ってるか？　食べなきゃだめだぜ」

「わかってる」

ルイスは十年以上の付き合いがある副官だ。今のルイスは中将だが、そうなる前から親分的な意味でマティアスのことを『大将』と呼ぶ。昔は紛らわしいと思って訂正していたが、もう慣れてしまった。

（悪気はないんだが、軽いのが玉に瑕だな）

ホッとしつつ林檎を咀嚼していると、

「今日さぁ、奥様と一緒に町歩きしたんだ」

「ゲホッ！」

ルイスから爆弾を投げ込まれて、口の中の林檎を噴き出しそうになってしまった。

「ちょっと待て。どうしてお前が彼女と……！」

唇を指先でぬぐいながら尋ねると、ルイスは執務机に腰掛けて、肩越しに振り返りニヤリと笑う。

「ダニエルさんから、奥方様が買い物に出かけるんで警護をしてほしいって頼まれてさぁ。結局買い物はそこそこに、シドニアっぽいところに連れて行ってほしいって言われたんだけど。まぁ楽しかったよ」

「楽しかったって……」

マティアスは腹心である部下のニヤケ顔を見て、無性にモヤモヤしてしまった。奥歯を噛んで表情を引き締めつつ、ルイスに尋ねる。

「で、どこに連れて行った？」

「行商人が集まってる中央通りを散策したよ。市場を見て回った後は、奥様は読書が趣味だって聞いたから、書店に行った」

ルイスが指を確かめるように折りながら説明する。

「お前なぁ……中央通りは確かに活気があるが、人が多い分あぶないだろう。少なくとも女性だけで歩かせる場所じゃないぞ」

中央通りは文字通りこの町で一番栄えている通りで、シドニアが始まったともいえる場所だ。通りの中心地に公舎があり、王都からついてきた五十人の部下がそれぞれの得意分野で働いている。

マティアスが毎日律儀に出勤している場所でもある。

「だからそのために俺が護衛についてたんだろ？　なにもなかったよ」

ルイスは薄い唇の両端を面白そうにやんわりと持ち上げて机から下りると、スタスタとドアのほうに向かい、ガチャリとドアを開けて「奥様、どうぞ」と舞台役者のように膝を折った。

「マティアス様」

「――は？」

手に帽子を持ったフランチェスカが、ニコニコしながら執務室の中に入ってくる。

彼女が姿を現した瞬間、あたりがパッと輝くように明るくなったが、それどころではない。

「ちょっと待て。なぜここにお連れした、ルイス！」

マティアスは慌てて椅子から立ち上がり、フランチェスカの元へと駆け寄った。

「ルイスを叱らないでください。私がマティアス様が働いている公舎を見てみたいと言ったんです」

するとフランチェスカにかばわれたルイスが、首の後ろのあたりをクシャクシャとかき回しながら、へへっと笑って肩をすくめる。

「外から建物を見たってつまらないでしょう。だから執務室にお連れしたんです。新婚早々仕事尽くしなんて、奥様がかわいそうじゃないですか。ねっ？」

ルイスはパチンとウインクをすると「では失礼します」と林檎をかじりながら楽しげに執務室を出て行った。

（あいつ……！）

まさかフランチェスカを公舎に呼ぶとは思わなかったが、今更ルイスを咎めても仕方ない。マティアスは腰に手を当てて大きくため息をつく。

「……急にお邪魔してごめんなさい」

フランチェスカが申し訳なさそうにしゅんと肩を落としたので、マティアスは慌てて首を振った。

「いえ、あなたに対してため息をついたのではないです。ただその……本当にびっくりして。それだけですよ」

するとフランチェスカはホッとしたように顔をあげて、またにっこりと微笑んだ。

「よかった。ご迷惑ではないかと不安だったんです」

軽く首をかしげるフランチェスカは、まるで陶器でできた人形のようだった。身に着けているのは贅を尽くしたものではなく、町を歩く普通の女性のような服だったが、なぜこんなに光り輝いて見えるのだろう。

ふと唐突に、脳裏にポポルファミリーの青い目をした白猫ちゃんが浮かぶ。

(いや可愛すぎないか!?)

心の叫びをおくびにも出さなかった自分を褒めてもらいたい。マティアスは表情を取り繕いながら、彼女の顔を覗き込んだ。

「すぐに屋敷まで送らせます。少しお待ちいただけますか」

領主の仕事は一日休むとあっという間に増えていく。今日はもう少し片付けてから帰りたかった。

だがフランチェスカはうなずかなかった。

「いえ、マティアス様の仕事が終わるまで、本を読んで待っています。一緒に帰りましょう。お食事も一緒にしたいです。朝、一緒にお茶も飲めなかったので」

「は？」

「邪魔はしませんから。大人しくしています」

そしてフランチェスカは部屋の中を見回し、執務室に置いてあった予備の椅子にちょこんと腰を下ろすと、胸に抱えていた紙袋から一冊の本を取り出した。うっとりした表情で表紙を眺め、指先でタイトルをなぞった後、恭しい態度で本を開く。

マティアスは生まれてこのかた『きちんと椅子に座って本を読む』という経験を一度もしたことはなかったので、その姿に祈りに似たようななにかを感じ、なんだか尊いものを見た感覚になった。

（ルイスが『奥方様は読書が趣味』だと言っていたが……本当だったんだな）

部下から新妻の趣味を知らされたことに関して若干癪に障ったが、女性に対して『趣味はなんですか？』と聞けるような人生を送ってこなかったので、これはこれで助かったように思う。

「それはどんな本ですか？」

ちょっとした興味から尋ねると、フランチェスカはパッと笑顔になって上品に微笑む。

「シドニアの風土を綴った軽い読み物と、植物図鑑です」

「図鑑？」

腰に手を当てて本を覗き込むと、フランチェスカは図鑑を開いてこくりとうなずいた。

「馬車でシドニア領に入った時、よく見た緑の花です。真冬なのにお屋敷でも咲いているのを見ました。あれはなんだろうって気になっていたんです」

「あぁ……」

「スピカって言うんですね。花だと思っていたのはガクだったなんて、思いもしませんでした。しかもこれから数か月後には色が変わるなんて、なんて不思議なんでしょう」

フランチェスカはページをめくり挿絵の部分を指でなぞると、それからまた熱心に文字を追い始める。

（好奇心の強い女性なんだな……）

マティアスの人生では、見たことのない花を見たから図鑑を買って調べようなんて、一度も考えたことがなかった。そして今後もないだろう。半分くらいの年齢なのに、自分は彼女の半分も好奇心を持っているだろうかと、そんなことが気になった。

（いや、これは貴族の余裕というやつだな）

食べるために軍に入った。生きるために必死だった。それがなんの因果か領主に任ぜられてしまい、自分だけならまだしも、赴任先に部下がついてきたものだから、彼らと彼らの家族を食べさせるために必死になった八年だった。

花の名前などいちいち調べたりするのは、道楽だ。花でメシは食えない。所詮、彼女とは住む世界が違う。

貴族は気楽な身分なんだとひねくれた目で見つつも、本を腕に抱えてのめり込むように熱心に読んでいるフランチェスカに関しては、やはりいやな気にはならなかった。

「これを膝にかけてください」

マティアスは着ていた上着を脱いでフランチェスカの膝にかける。彼女は一瞬驚いたように顔をあげ、それからやんわりと目を細めた。

「ありがとうございます、マティアス様」

フランチェスカの感謝の言葉は心地よかった。

彼女を妻として、女性として愛することはできないが、ひとりの人間として大事にしよう。

そんな思いを胸に秘め、マティアスは無言でうなずいて机に戻ったのだった。


それから数時間後、仕事を終えたマティアスはフランチェスカを連れて屋敷へと戻った。

食堂で一緒に食事をとり、彼女に付き合ってお茶を飲んだ後はそれぞれの私室に戻ったのだが、時計の針が深夜に差し掛かろうとした頃に、夜着の上にガウンを羽織ったフランチェスカが部屋を訪れて、仰天してしまった。

「どうしたんです?」

『白い結婚』では当然、寝室は別だ。彼女は自室で眠るだろうと思っていたので、まさかここにやってくるとは思わなかった。

「お仕事をされていたんですか?」

フランチェスカは軽く首を伸ばすようにして、マティアスの背後の書き物机の上の書類を見て目を細める。

「え……えぇ。昨年度の資産管理の書類の最終チェックをしていただけなんですが」

若干言い訳じみた言葉になってしまったのはなぜだろうか。新婚早々、仕事ばかりで呆れられただろうかと、おかしな気持ちになる。

彼女を受け入れる気もないし、できれば今でも王都に帰ってほしいと思っているくらいなのに。矛盾する気持ちの中で尋ねる。

「それで……フランチェスカはなぜここに？」

その瞬間、フランチェスカはパッと頬を赤く染めて、胸の前でぎゅっと手を握りしめる。

「あの……えっと……その……そうっ、おやすみのキスをしていただこうと思ってっ」

「オヤスミノキス」

馬鹿みたいにおうむ返しをしてしまったことに関しては許してほしい。フランチェスカは妙に気合いの入った表情で、こちらを見上げる。

「だって夫婦ですし」

「いや、でもそれは」

「……だめですか？　でも、してほしいんです。私たち、表向きは一応夫婦ですよね？」

フランチェスカは青い瞳に力を込めて、そのまま顔を持ち上げると目を閉じてしまった。これはもう完全にキス待ちである。

ここまでされると、さすがにもう拒めなかった。

マティアスもひとりの男であるからして、抱くつもりはなくとも可愛い新妻のちょっとしたおねだりくらい、否定したくない気持ちもある。

脳裏には『白い結婚』でもキスは許されるのだろうかとか、ねだられたくらいで言うことを聞いてしまう己が情けないとか、いろんな言葉が浮かんだがのみ込んだ。

「――わかりました」

マティアスはごくりとつばを飲み込んだ後、おそらく自分の半分以下に違いない、フランチェスカの背中と腰を引き寄せておそるおそる額に口づける。

ガウンを羽織っているとは言え、手のひらからフランチェスカの体温を感じる。身を寄せると彼女の体からふんわりと石けんの香りがして眩暈がしたが、なんとか耐えきった。

「これでいいですね？　フランチェスカ」

念押しのように尋ねる。

絶対に、唇にしろと言わないでくれ。言われたらとても耐えられない。

ひとりの人間として尊重しようと思いつつ、欲に目がくらむ己が恥ずかしいが、心の中で言い訳をするくらいのことは許してほしかった。

そんな気持ちの中、極力声を抑えてささやくと、フランチェスカは唇が触れたところに指をのせて、なにか言いたげに軽く目を細めたが、

「はい。おやすみなさい、マティアス様」

そのままくるりと踵を返して私室へと戻っていった。

彼女の姿が見えなくなってから、ドアを閉じる。

「はぁっ……！」

大きく息を吐き、その場に崩れるようにしゃがみ込んでいた。

いきなり王都から押しかけて来た貴族の妻が可愛くて困るなんて、思いもしなかった。

フランチェスカは不思議な女性だ。距離を取ろうと言っているのに、なぜかあちらからグイグイと近づいてくる。いくら信頼する兄から勧められた縁談とは言え、箱入りの貴族令嬢からしたら自分は『ケダモノ軍人貴族』のはずなのに、いったいなにを考えているのだろう。

もしかしてこれから毎日キスをしろとねだられるのだろうか。

そして自分は、おでこへのキスをいつまで耐えられるのだろうか。

(若い娘の考えることは、本当にわからない……)

マティアスはよろめきながら、頭を抱えてしまった。

＊＊＊＊＊＊＊＊＊＊＊＊＊

マティアスの書斎から戻るところで、ソワソワした様子のアンナが慌てた様子で駆け寄ってきた。

「あら、アンナ。どうしたの？」

「どうしたのじゃないですよ……」

アンナは呆れたように眉をひそめ、フランチェスカと一緒に私室に入る。

「お姿がないから、旦那様に夜這い(よばい)でもしに行ったのかと思いましたよ」

「まぁ、半分くらいはそのつもりだったわ」

こっそりと罪を告白すると、案の定アンナはぎょっとしたように身をすくめる。

「マティアス様はお仕事で忙しそうにされていたし、だからおやすみのキスで我慢したの。そもそも私が強引に迫って既成事実を作ったとしても、それではマティアス様の信用を得られないでしょう？　私はやっぱり、あの方に本心から必要とされたいって思ったのよ」

そして書き物机の上に積んだ本の表紙を手のひらで撫でる。

「そしてそのために考えたことがあるの」

「考えたこと？　なんですか、それ……」

碌なことにならなそうだと不安顔のアンナがおそるおそる尋ねると、

「町おこしをします！」

唐突ともとれる勢いで、フランチェスカは高らかに宣言したのだった。

「町おこし～!?」

アンナがぽっかりと口をあけ、茫然とした表情でフランチェスカを見つめる。だがフランチェスカは本気だった。

「調べたところ、もともとこの地は王家の保養地だったんですって」

「保養地……？　この地味なシドニアがですか？」

アンナの戸惑いもわからなくもない。マティアスが領主になった八年でかなり持ち直したとは言え、王都から見れば辺境の寂れた田舎なのだ。

「温泉が出るのよ。初代アルテリア王はこの地の温泉で刀傷を癒したと本に書かれているわ」

「へぇ……そうだったんですね」

アンナが感心したようにうなずいた。

「今から百年以上前のことではあるけれど、温泉を求めて世界各国から観光客が集まっていたんですって。シドニア渓谷沿いに建てられた宿泊施設や湯治場にはずっと明かりが灯っていて、夜でも昼のように明るかったんだとか」

今日、フランチェスカが書店で購入した本は数十年前の歴史書だった。かつて栄華を誇ったシドニア領のことが昔を懐かしむような筆致で書かれていて、すっかり夢中で読んでしまった。

そして読み終えた頃に、感じたのだ。

昔できたことなら、今だってできていいのではないか。

またシドニアを活気のある地に戻せたら、どんなにすばらしいだろうかと。

「でも……そんな大きな観光地が、なぜ寂れてしまったのですか？」

「理由はいろいろあるけれど、一番の理由は当時の領主一族の銀行経営破綻ね。飢饉（ききん）や天災で観光客が減り続けたのにもかかわらず、地元の観光業者たちに過剰な融資を行い続けたの。そして破綻後はなんの補塡もせず、さっさとこの地を離れてしまった」

「なるほど……」

銀行が離れてしまっては、経営がうまくいくはずがない。この町の観光業者はあっという間に破綻してしまい、その後は推して知るべしである。

フランチェスカは本を胸に抱き、キリッとした表情でアンナを見つめる。

「でもシドニアにはまだまだポテンシャルは残されているわ。初代国王がその体を癒したと言われる温泉と風光明媚で豊かな自然、川だけでなく海も近い立地とおいしい魚介類。これを生かさない手はありません」

するとアンナが軽く首をかしげる。

「なにか人を集める方法でも？」

「結婚式で領内をパレードした時に思ったのだけれど、領民は娯楽に飢えているみたい。だからこの土地ならではのお祭りを開催してはどうかって思ったの。行ったことのない場所で楽しいお祭りがあって、おまけに王都では見たことがないものが見られるとなれば、新しいモノ好きで刺激に飢えた人だって呼べるようになるんじゃないかしら？」

国民あっての国、領民あっての領主だ。この土地に住む者たちに心豊かな生活を送ってもらわなければ、繁栄はあり得ない。

そう、領主の妻として一番望まれていることはシドニアを豊かにすることだと、フランチェスカは理解したのだ。

「よし、頑張るぞ！」

グッとこぶしを握って気合いを入れるフランチェスカを見て、アンナはなにか言いたそうに口を開いたが「まぁ、どういうことであれあたしはお嬢様を応援しますよ」としたり顔でうなずくだけだった。

この時点で、アンナはフランチェスカの気持ちの変化に気づいていた。

「これは、もしかしたらもしかするかもしれませんねぇ……」

元はと言えば執筆の自由を求めてこの地にやってきたはずだ。しかもマティアスが善良なおかげで、もう目的は達成している。

彼はこのまま『白い結婚』が続いても、おそらくフランチェスカが小説を書こうがなにをしようが、制限することはないだろう。

なのにフランチェスカはマティアスの特別になりたいと思っている。

もともと貴族の付き合いが面倒で、なおかつ執筆しても己の正体がバレなそうという理由でシドニア領にやってきたはずなのに、フランチェスカの目標は『マティアスに妻として認めてもらうこと』になっているのだ。

「やっぱり赤ちゃんを抱っこできる日もそう遠くないかも」

子供好きなアンナの顔がにやりとほころぶ。

だがフランチェスカがそのことに気づくのはもう少し先のことだった。


とりあえずフランチェスカは自分のやりたいこと、やれることをあれこれと考えて、資料作りに専念した。十八年間生きてきて初めて気が付いたが、どうやらかなりせっかちなたちらしい。こうしたいと思ったら即やらないと気が済まないのである。

シドニア領の失敗の歴史を探るのはもちろんのこと、シドニアに今根を下ろしている領民たちがなにを望んでいるのか。仮に祭りを開くとすると、そのためにどのくらいの予算が必要なのか、等々。

一週間ほどでそれをレポートにまとめたフランチェスカは、ダニエルを伴ってマティアスに面談を申し込んでいた。

「フランチェスカ、なぜわざわざ公舎に来られたんですか？」

執務机に両肘をつき、顔の前で祈るように指を絡ませたマティアスは、ダニエルとフランチェスカの顔を交互に眺める。

「それはこれが仕事だからです」

「ダニエルを連れてきたのは？」

「彼はこの町で一番の商会を率いていた人だから、現実的な助言をくださると思ったからです」

フランチェスカはニコニコと微笑みつつ、レポートをマティアスに差し出す。

「マティアス様のお仕事の邪魔はいたしません。ただ私にお祭りを開催する権限をくださいませ」

「祭り……？」

マティアスは眉間のあたりに皺を寄せつつ、フランチェスカの作った資料を一枚ずつめくった。

几帳面な文字で書かれている内容を読み上げる。

「シドニア花祭り……シドニア地方のみで咲く花『スピカ』を観光資源とし、祭りを開催する……？」

マティアスの緑の目が大きく見開かれ、執務机の前に立つダニエルとフランチェスカを交互に見比べる。

「ちょっと待ってくれ。スピカってあの地味な花だよな？　これくらいの高さの」

椅子に座ったマティアスが自分の胸のあたりで手のひらをひらひらさせる。

フランチェスカは慌てて首を振った。

「お待ちください、マティアス様。地味だと思っているのはこの土地の人たちだけです。私は王都で十八年間生きてきましたが、あんな花を見たのは初めてでした。しかもこれから植えた土地によって色が変わるなんて、面白すぎるじゃないですか。そんな花が地味なわけありませんっ」

そう――。フランチェスカは嫁入りの際に見た『スピカ』の花を祭りのテーマに据えた。

大貴族の娘であるフランチェスカが見たこともない花なのに、この土地にはうんと自生している。しかも育てるのも難しくなく、数を揃えるのが簡単だ。

スピカをずらりと沿道に並べ、町を飾ったら？

図鑑のように薄いブルーからピンクのグラデーションがこの町を彩ったら、きっと王都の誰も見たことのない景色が広がるだろう。

驚きのあまり、言葉遣いがフランクになっているマティアスに手ごたえを感じつつ、さらに言葉を続ける。

「スピカは色も多種多様。シドニア領は温泉が豊富で、地熱で植物が冬でも枯れにくいのだとか。鉢植えでも地植えでも育てられて、一度色づけば咲いている期間も長い。観光資源として十分成り立ちます。なによりお祭りを成功させることは、この土地に住む人たちの自尊心と誇りに繋がりますし、悪いことではないと思うんです」

フランチェスカはあまり食い気味にならないよう、丁寧にマティアスに説明する。

「後援にはケトー商会に入ってもらいますが、足りない分は私の個人資産を投入するつもりです」

ちなみにフランチェスカの個人資産とは、実家が用意した持参金ではなく、これまで小説を書いて得たお金のことである。これまで金貨一枚も使わずそのまま銀行に預けていて、今ではそれなりの金額になっていた。祭りのひとつやふたつ、余裕で開催できるはずだ。

「は？」

マティアスが目を丸くしたところで、今度はダニエルが口を開いた。

「息子夫婦に助言はしましたが、話をとりつけたのはフランチェスカ様ですよ。私も計画書を拝見したうえで言いますが、反対する理由はありません」

マティアスはあっけにとられたままフランチェスカの顔を見上げて、苦虫を噛みつぶしたような表情になりそれから声をひねり出した。

「――わかった」

「ありがとうございます、マティアス様！」

了承を得て、思わずその場で飛び跳ねたいくらい胸が弾んだ。

フランチェスカがニコニコしていると、

「だがあなたの個人資産を使わせるわけにはいかない。この町で行われる祭りならシドニア閣下で領主である俺の責任で行われるべきです」

「でも」

「フランチェスカ。それが夫である俺の仕事でしょう？」

マティアスはそう言って、唇の端を持ち上げるようにしてニヤリと笑う。

「っ……」

真面目な彼のちょっといたずらっ子のような表情を見て、フランチェスカの心臓がドンッ！　と跳ねあがる。

（ちょっと、その表情はズルいのではなくて？）

クールで大人なマティアスのちょっとした変化にドキドキしてしまう。

一方、マティアスはフランチェスカが書いたレポートを閉じて表紙を大きな手のひらで撫でた。

「それにしても、祭りか……考えたことがなかったな」

ニヒルな表情からまるで子供を愛でるような優しい表情の変化に、またフランチェスカの胸はきゅうっと締め付けられる。

おかしな態度にならないように、表情を引き締めつつゆっくりと息を吐いた。

（なんだかマティアス様を見ていると、心が忙しいわ）

白い結婚を申し出たのは彼のほうではあるが『夫として』と言ってくれたのが妙に嬉しい。

仲間意識とでもいうのだろうか、形ばかりの妻だが、彼がそれでも夫だと言い切ってくれるその気持ちが嬉しい。彼の懐に少しだけ入れてもらえた気がする。

マティアスの慈しみに満ちた表情を見ていると、なんだかいてもたってもいられなくなった。

「あ、あの……マティアス様。お祭りを成功させたら、私を本当の妻として認めてくださいますか？」

気が付けばいきなりそんなことを口走っていた。

「え……？」

マティアスは驚いたように目を見開き、隣にいたダニエルは少し不思議そうな顔をした。

それもそうだろう。ダニエルはマティアスとフランチェスカがすでに夫婦だと思っているので、今更『本当の妻』として認めてほしいというフランチェスカの発言の意図がわからないのだ。

気持ちよりも感情が先に出てしまったフランチェスカは、言い訳じみていると思いながらも、慌てて言葉を続ける。

「その……もちろん今の私はマティアス様の妻ですけど、ただそこにいるだけじゃなくて、心から認めてもらえる妻になりたいなって思っていて……」

それを聞いたダニエルは、

「ああ、そういうことなんですね。マティアス様、こんなことを言ってくださる奥方様は大事にしないとバチがあたりますよ」

などと軽い口調で言い放ち「跡継ぎの顔が見られるのは案外早いかもしれませんね」と上機嫌になった。

（まぁ、跡継ぎどころか、唇にキスすらしたことがないんですけど……）

まだまだ先は遠いと思いつつマティアスをちらりと見ると、彼もまたフランチェスカを見ていて。

視線がバチリとぶつかった瞬間、全身に痺（しび）れるような淡い電流が流れる。

マティアスはどこか困ったような、少し照れたような、けれどその新緑を映しとったグリーンの瞳を濡れたように輝かせていた。

「フランチェスカ……ありがとう」

「え?」

「あなたに提案されなかったら、俺は領民に娯楽をなんて一生思いつきもしませんでした。感謝します」

彼の瞳に自分が映っている。彼が私を見ている。触れられたわけでもないのに、なぜか全身がソワソワして浮き足立ってしまう。動悸で軽い眩暈がした。

(……これってなにかしら?)

季節の変わり目には体調を崩しがちなので、それが出たのだろうか。

「い、いいえ。マティアス様はなにも間違っていません。まずは領民の安定した生活が第一です。この八年間があってこその娯楽だと、私も思っただけですから」

フランチェスカは慌てて首を振ったが、こちらを真摯に見つめるマティアスを見ている間ずっと、眩暈が治まらないままだった。

三章「熱に浮かされて」

『シドニア花祭り』は三か月後と決まった。その時期はスピカが完全に色づき、シドニア領地が華やかに彩られる時期だからだ。

それからケトー商会を中心として人数を集め『シドニア花祭り実行委員会』を立ち上げた。責任者はダニエルの息子のテオが務め、フランチェスカは主催者だ。責任重大である。

「今回の花祭りでは、王都から寄付も募りたいのよ」

何度目かの会合を終えた後、フランチェスカは馬車の中でアンナに予算表を見せながら言葉を続ける。

「予算上の問題だけではなくて、今後の未来のためにね。王都の貴族や商人も巻き込めたらいいなと思って」

「王都の貴族たちが、縁もゆかりもないシドニア領のためにお金なんか出しますかね」

アンナがまっとうな意見を口にする。

「それは、確かにそう……なのよね」

頼めば両親や兄はお金を出してくれるだろうが、身内から資金援助をしてもらって花祭りを成功させるのは、なんだか違う気がする。

「王都の富裕層が思わずお金を出したくなるようななにかが、花祭りにあればいいんだけど」

フランチェスカが眉間に皺を寄せたところで、アンナがハッと顔をあげ、ぱちんと手を叩いた。

「お嬢様、舞台はどうですか⁉」

「え？」

「お嬢様の脚本でお芝居をやるんですよ！　ほら、結婚すると決めてから、忙しくて短編の一作も出しておられないでしょう？　BBの次の新作はまだなのかって、出版社にすっごく問い合わせが入ってるって、兄さんからせっつかれてるんです！　それにBBが舞台の原作を書くとなれば、王都のファンが喜んで駆け付けると思うんですよねっ！」

アンナは名案を思いついたと言わんばかりに、瞳をキラキラと輝かせながら語り始める。

「お芝居……って、いくらなんでも急すぎない？」

フランチェスカはアンナの言葉に苦笑する。

「今から一冊分の本を書いてそれを演じる劇団を探して、契約を結んで、稽古してもらってって、さすがに時間が足りなすぎるわよ。なによりこの町に劇場はないし」

そんなフランチェスカの冷静な返答を聞いて、

「うっ……我ながらナイスアイデアだと思ったのにぃ～……」

アンナはしおしおと打ちひしがれたが――そのアイデアは確かにすばらしいのではと、フランチェスカの意識に引っかかっていたのだった。

それから数日後、ちょうどテオと話す機会があり『花祭りのイベントで芝居を上演する』というアイデアも出たという話をすると、

「劇場は作れなくても、野外のちょっとした舞台くらいなら数日で作れるんじゃないですか？」

と言われて仰天してしまった。

「えっ、作れるんですか⁉」

「俺が小さい頃家族で住んでいた町は、旅芸人も多く訪れる港町でしたからねぇ。芸人たちが突貫工事で、広場に舞台を作ってたもんです。祭りの期間はあちこちでそんな景色が見られるんで、子供ながらにワクワクしてましたよ」

テオは父のダニエルではなく母親似らしい。垂れ目の優しげな人懐っこい笑顔を浮かべつつ、さっと絵を描いて説明してくれた。

「舞台はそれほど大きくなくていいんです。背景は布に描いて、場面ごとにカーテンのように吊るして、掛け替えるだけで」

「なるほど……」

テオの書いた紙を受け取り、まじまじと見つめる。

「でも、時期的に雨も不安じゃないですか？」

これからシドニアは雨期に入るのだ。

「だったらサーカスのように天幕を張るのはどうですか？　座席も作ったほうが、客も入れやすい

と思います」

テオは次から次にアイデアを出してくれた。

（サーカス……）

脳内に三角屋根のテントが浮かぶ。

その存在は耳にしたことがあるし、子供の頃大好きだった児童文学にもサーカスをモチーフにした作品があった。ただ、舞台といえば王都にある大小の劇場や、オペラハウスしか知らなかったフランチェスカである。テオの説明する芝居小屋はまさにカルチャーショックだ。

「お芝居だって、別に何時間もやらなくていいんです。『見取り』とか言ったかなぁ……。以前、東方の小さな島国の芝居を見たことがあるんですが、一番面白い部分を切りとってそこだけ上演する手法があるんです。たとえばかたき討ちのシーンだとか、義賊が悪徳商人の屋敷から宝を盗み出すところとか」

「いきなりクライマックスってことですね。じゃあお芝居が始まる前に、登場人物やあらすじの説明があったりするんですか？」

「もちろんです。ちょっと気の利いたところだと挿絵付きのビラを配って、芸人にお芝居の前に面白おかしく説明させたりしていましたよ」

「へぇ……」

話を聞けば聞くほど、テオの話はフランチェスカの好奇心をくすぐった。

もし自分がお芝居の原作を書くとしたら、どんな男にどんな役を演じてもらう？

自分の本の読者も喜んでくれて、なおかつシドニア領で暮らす人たちが楽しんでくれるようなお話はなんだろう。

頭の中を火花のような光が散る。

ばちばちと音を立てて、フランチェスカの脳内を駆け巡る。

そして瞬時にそれは形を結び、明確な輪郭を描いていた。

全身がぶるぶると震え始める。まさかの武者震いだ。

「フランチェスカ様?」

急に黙り込んでしまったフランチェスカを見て、テオが首をかしげる。一瞬、意識が飛んでいたことに気が付いて、フランチェスカは慌てて椅子から立ち上がった。

「やれる気がしてきました。いえ、やりましょう、お芝居っ!」

「えっ!」

テオが驚いたように目を丸くした。

「作家にはあてがあります! その……王都にいた頃の知り合いに、作家がいるので! その人に頼んで、脚本を書いてもらいます!」

しばらく書いていなかったが、これこそBBの出番だ。お芝居で見どころだけ上演するなら、長い小説でなくてもいい。

なおかつシドニアの領民たちに向けて上演するなら、これしかないと思う題材も頭に思い浮かんでいる。

一度思いついたらいてもたってもいられなくなった。

「そうと決まれば企画書を作って持ってきますので、今日は失礼します！」

フランチェスカは小さく会釈すると、淑女らしからぬ怒濤の勢いでケトー商会を後にしたのだった。


帰宅したフランチェスカはまず実家のジョエルに向けて手紙を書いた。さらにマティアスの腹心であるルイスにも呼び出しの連絡を入れる。

それから数日後、フランチェスカはルイスをケトー商会へと招いていた。

「——というわけで、お芝居の題材は、八年前の『シュワッツ砦（とりで）の戦い』にしようと思うの」

フランチェスカが打ち明けた瞬間、ルイスは驚いたように目を見開く。

「うちの大将が、ジョエル様をお助けしたあの……？」

彼の前にはフランチェスカがここ数日よなべして作った企画書が置いてある。事前にテオには内容を確認してもらい、実現可能であることは確認済みだ。

「兄には数日前に手紙を送ってお芝居にしたいということは伝えているわ。たぶん反対はしないと思います。というか、むしろやってくれって言われると思っています」

「それは、なぜですか？」

ルイスが怪訝（けげん）そうに首をかしげる。

「兄は、世間のマティアス様への誤解が解けることを望んでいるはずですから。領主の一助になるのなら、断ったりしないわ」

そしてフランチェスカは自分で作った企画書をぺらりとめくった。

「とは言え、当時の現実そのままにお芝居にするつもりはありません。兄を見捨てた上官のおじいちゃん将軍だって一応まだご存命だし……。そのあたりはふわっとキャラクター設定を変えるけれど、基本的には『シュワッツ砦の戦い』をモチーフに、わかる人にはわかる話として、なおかつお芝居として楽しめるようにアレンジするつもりよ」

主人公はふたり。ジョエルをモデルにした美貌の青年士官と、マティアスをモデルにした武骨で精悍な下士軍人。

生まれも育ちも見た目も、なにもかもが違うふたりが出会い、反発しながらも助け合い、心を通わせる。

ＢＢお得意の男同士の感情がぶつかり合うブロマンスストーリーである。

きっと自分らしい、面白い話になるだろう。

「私も八年前から兄づてに話を聞いているだけで、詳しい内容を知らないから。マティアス様のことをよく知っているルイスから、当時の話を聞かせてほしいと思ったの」

「なるほどねぇ」

ルイスはいったん唇を引き結び、くしゃりと髪をかき上げる。どこか悩んでいるような、難しい顔をしていたので、一気に不安が押し寄せた。

「だめかしら……？　もちろん皆さんが不愉快に思われるなら、考え直すつもりだけれど」

フランチェスカやジョエルは『シュワッツ砦の戦い』で起こったことを奇跡だと思っているが、実際は逃亡戦だ。前線に立っていた者たちからすれば、あまりいい思い出ではないのかもしれない。

だが次の瞬間、ルイスはパッと顔を明るくして「まさか！」と声をあげていた。

「俺たちが芝居の題材になるんでしょう？　断る理由なんかないですよ！　っていうか俺だけじゃなくて、当時いた兵士たちにも話を聞いてやってください」

「いいの？」

「もちろんですっ」

ルイスはぐっと親指を立ち上げて見せた後、テーブルに身を乗り出すようにしてニヤリと笑う。

「作家さんに、俺のことめちゃくちゃカッコよくしてくれって頼んでくださいね」

「ええ、もちろんよ。その……ＢＢとは親しいからなんでも言えるわ」

「――なんでも？」

ルイスが不思議そうに軽く首をかしげる。

「ええ、なんでも」

だってＢＢは自分なのだから。

フランチェスカは力強くうなずいた。

＊＊＊＊＊＊＊＊＊＊＊＊＊＊＊＊

マティアスが屋敷に戻ったのは、深夜だった。馬車から降りて屋敷を見上げると、フランチェスカの部屋に煌々と明かりが灯っている。

(彼女はまだ起きているのか)

いきなり部屋に訪れて『おやすみのキス』をねだられた夜から、はや二週間ほどが経っていた。あれから毎晩マティアスはフランチェスカの額にキスしていたのだが、ここ何日かは、ぱたんと訪れがなくなっていた。

最初は彼女の額に口づけることに戸惑っていたくせに、いざ姿を見せなくなると、フランチェスカが来ない理由が妙に気になってしまう。

(俺は彼女になにかしてしまったのだろうか……いや逆になにもしてない気がするんだが)

と、悶々(もんもん)としている。気になるくらいなら自分から尋ねればいいのだが、それができるなら苦労はない。

(そもそも、俺を気に入らなくなったのなら、王都に戻ってもらえばいいだけの話だしな)

彼女は貴族で、自分は『荒野のケダモノ』『野良犬』なのだから。

そう、頭ではわかっているのにモヤモヤが止まらない。

玄関で出迎えたダニエルに脱いだコートなどを手渡していると、

「マティアス様!」

手に紙の束を持ったフランチェスカが、エントランスホールにある螺旋(らせん)階段をすごい勢いで駆け下りてくるのが見えた。

「フランチェスカ」

天使が金色に輝きながら近づいてくるのを見て、マティアスの胸の奥の心臓が乙女のように跳ねあがる。あんな勢いで走って、階段から転げ落ちてけがをしたら大変だ。

考えるよりも先に体が動いていた。発作的に手を差し伸べたところで、彼女は当たり前のようにマティアスの胸に飛び込んでくる。

「おかえりなさいませ！」

「たっ……ただいま戻りました」

なぜ彼女はこんなにいい匂いがするのだろう。香水を振っているわけでもなさそうなのに、甘くてさわやかな花のような香りがする。

(とは言え、くっつかれると……困る)

まるで子犬にじゃれつかれたような気分になりながら、フランチェスカの肩を両手でつかんで引きはがす。こちらを見上げるフランチェスカの鮮やかなブルーの瞳に見惚れていると、フランチェスカはハッと我に返ったように目を見開いた後、控えめに微笑みながら身を引き、紙の束を差し出した。

「これを見てください」

「ん？」

受け取りつつさらっと目を通す。

「舞台の企画書？」

フランチェスカの直筆なのだろう。相変わらず美しい端整な文字が、書面いっぱいにびっちりと綴られている。

「はい。花祭りのメインイベントとして、お芝居を上演したいと思いますっ。こちらが予算案で、特別協賛には王都の出版社であるオムニス出版を予定しています！」

「なるほど……？」

芝居を見たことがないマティアスは面食らってしまったが、その昔、王都で軍人として働いている時は、王族の護衛として何度か劇場に足を運んだことはある。どっちが俳優なのかと尋ねたくなるくらい彼らは美しく着飾って、芝居を楽しんでいた。当時のマティアスは世の中にはこんなに芝居好きがいるものか、と思ったものだ。

「ちなみにこの……ブルーノ・バルバナスという作家は？」

原作として記載されている名前を尋ねると、フランチェスカはぴくっと肩を震わせた。

「えっと……その人は友人なんです。花祭りのためにシドニア領民が楽しめる脚本を書いてくれることになっています」

さすが貴族令嬢だ。王都に作家の友人がいるらしい。だが一方で『ブルーノ・バルバナス』が友人だと聞いて胸がざわめいた。

（ブルーノ・バルバナス……気取った名前だな。フランチェスカとはどのくらいの付き合いなんだろう）

王都で小説を書いているくらいだ。都会の洗練された男に違いない。

「フランチェスカは、この男と親しいんですか?」

「えっと……BBとは親しいというか、なんというか……彼が作家としてデビューする前からの友人……というか?」

マティアスの問いかけに、妙に歯切れの悪い声で、フランチェスカは視線をさまよわせた。

いつもはハキハキしゃべるフランチェスカの態度に、怪しさを感じる。

(なにか俺に隠し事をしているような雰囲気だな)

じいっと食い入るようにフランチェスカを見つめると、彼女は見られていることに焦りを感じたのか、さらにそわそわし始めた。

「あのっ、BBは少なくとも小説を書くことに対してはいつだって真摯だし、面白いお話を書くことを人生の喜びとしている人間ですので……!　その……善良かと問われれば、どうだろう、とは思うんですが、その……悪い人ではありません」

ブルーノ・バルバナスでBB。あだ名で呼んで妙に親しげだし、しかもフランチェスカから人となりを信用されているようだ。

(善良ではないが、悪い人でもない、か……)

なにか引っかかるものを感じたが、BBのことを語るフランチェスカの青い目は、こちらを見上げて濡れたようにキラキラと輝いていた。

信用してほしいと顔に書いてある。

(美しいな……)

人は好きなものを語る時、こういう顔をする。

いつも恋をしては失恋ばかりしている色男のルイスが、新しい恋に落ちた時。

ダニエルが趣味で集めている古い金貨を磨いている時。

部下たちが妻や家族を懐かしみ、語る時。

ではこのフランチェスカの表情には、いったいどんな意味があるのだろうか。

そう考えた次の瞬間、ふと、いらぬ妄想が頭をよぎった。

(もしかして……BBという男はフランチェスカの元恋人なのでは?)

その考えが頭に浮かんだ瞬間、なぜか石でも飲み込んだような気分になった。

貴族は皆愛人を持つ。恋愛と結婚は明確に別なのである。たまに恋愛結婚をする貴族もいるが、それはかなり希少だ。

(もちろん、彼女に恋人がいたとしても……俺にどうこう言うつもりはないが……)

そもそも王都を離れ嫁いできた彼女に『白い結婚』を申し出たのはマティアスだ。

いずれ自分との結婚に嫌気がさして王都に戻るだろう彼女のために、そのほうがいいと思ったことに偽りはない。

だがそれはそれとして、可憐で美しいフランチェスカに手を出して、彼女の人生を背負うのが恐ろしいという気持ちもあるのだ。

自分ひとりならどうなっても構わないが、フランチェスカを自分のせいで危険な目に遭わせてしまったら?

もしくは年甲斐もなくフランチェスカに夢中になって、手放せなくなってしまったら？　自分が変わってしまうのが怖い。

嫌悪の感情の向き方の問題ではない。ただ自分の心を他人に明け渡したくない、振り回されたくないマティアスにとって、誰かを特別に思うということは、恐怖でしかないのである。

（他人に執着などしないほうがいい）

仮にBBがフランチェスカの元恋人で、今は愛人だとしても、知らぬ顔をしていたほうがいいだろう。彼女の愛らしさに油断していたところで、急に背中に氷を押し付けられたような不快感を覚えたが、それは自分勝手というものだ。

なんにしろ、最初に彼女を拒んだのは自分なのだから——。

「なるほど……」

痛みから目を逸らし表情を引き締めて、ふぅんとうなずいていると、横でふたりのやりとりを見ていたダニエルが唐突に口を挟んできた。

「ブルーノ・バルバナスなら、私も著作を数冊読んだことがありますが、ロマンチックでありながら骨太な宮廷小説を書かれる方ですよ」

その瞬間、フランチェスカが目をまん丸に見開く。

「えっ、読んだことがあるんですか？　その……BBは女性読者がほとんどだと思っていたんですが」

「ええ。商人たるもの、世間で流行しているものはとりあえず目を通すものですから。半分は勉強ですがね。まさか奥様のご友人とは思いませんでした。著書にサインでもいただきたいところです」

ダニエルはニコニコしつつ「旦那様、軽食を用意しますので食堂にどうぞ」と言ってその場を離れてしまった。

玄関には、フランチェスカとマティアスのふたりが取り残されてしまった。

ＢＢの話題が出てから、なんだか妙に気まずい気がする。なにか言うべきかと迷っていたところで、先に口を開いたのはフランチェスカだった。

「あの……お芝居は、そこにも書いてあるんですけど『シュワッツ砦の戦い』をモチーフにしようと思っているんです。それでちょっと前からルイスやその時従軍されていた方々に、お話を聞かせてもらっています」

シュワッツ砦の戦い。マティアスにとっては苦い思い出だ。己の生き方に後悔はないが、八年前のあの日のことを思い出すだけで複雑な気分になる。

「なぜ、あの時の話をお芝居にするのかと、聞いてもいいですか？」

フランチェスカはこくりとうなずいて、少し心配そうに顔をあげる。

「勝手なことをしてごめんなさい。でも私、このお話は間違いなく領民に喜んでもらえる題材だと思っているし、偏見だらけの王都の貴族たちに、マティアス様のすばらしさを知ってもらう絶好の機会だと思っているんです」

（なるほど。俺のため、か）

フランチェスカの声には熱がこもっており、本気でそう思っているのが伝わってくる。

（なぜ、彼女は俺なんかのために必死になるんだろう？）

正直言って、マティアスは自分の評価などどうでもいいと思っている。やけっぱちになっているわけではなく、昔からそういうたちなのだ。

十五歳で軍隊に入ったのも、ただ生きていくためだけに選んだ道だった。思いのほか軍隊が性に合ったその後でも、上官に媚びをうってでも昇進したいという気持ちになったことは一度もなかった。ちょっとした運命のめぐりあわせで領主という身の丈に合わない身分になってしまったが、マティアスの内面はなにひとつ変わらない。

来る者は拒まず、去る者は追わず。

人は見たいように他人を見る。

「こうだろう」「こうに違いない」「こうに決まっている」と決めつけて、火のないところに煙を立たせる。そういうものだ。他人に期待するだけ無駄なのである。

だからマティアスは誰からも評価されたいとも思っていない。ただ目の前の仕事をこなすだけ。そうやって生きてきたのだ。

だがフランチェスカは、王都でまったく評判の良くない自分なんかに嫁いできたあげく、マティアスに認められたいからとあれやこれやと考えを巡らせている。

（俺に認められる必要なんてないのに）

彼女は王家にも深く縁がある侯爵令嬢だ。マティアスの評価を今更変える必要などどこにもないのだ。

「あの、マティアス様。やっぱりご自分をモデルにされるのはおいやですか?」

黙り込んだマティアスを見て、フランチェスカはそう思ったのだろう。やっぱり、という顔になった。

「私、余計なことをしてしまったでしょうか……」

「――あなたが謝る必要はありません」

「え?」

フランチェスカが不思議そうに首をかしげる。

「もちろん気恥ずかしい気持ちはありますが、皆が喜んでいるのは間違いないですから」

ルイスや部下たちは『シュワッツ砦の戦い』がお芝居として上演されると聞いて、ものすごく浮き足立っている。喜んでいるのだ。

それだけではない。早々に『シドニア花祭り』の噂を聞きつけた領民たちが『なにか手伝えることはないか』と、公舎にぞくぞくと訪れているらしい。この町には劇場なんて気の利いたものはひとつもないから、純粋に楽しみにしているのだろう。

民の笑顔のためなら、少々の恥はのみ込むべきだ。

自分をモデルにした男が主役だなんて、気恥ずかしくてたまらないのだとしても。

「フランチェスカ。領民のためにありがとう」

言葉を選んでそう口にすると、フランチェスカは驚いたように顔をあげた。

「マティアス様……」

正面から見つめてくるフランチェスカの目元には、うっすらとクマが浮かんでいた。

彼女が疲労していることに気が付いて、思わず彼女の頬に手を伸ばして、そうっと瞼の下を指でなぞる。

「ところで、このところあなたがおやすみのキスをねだりに来ないのは、寝てないから？　少し寂しく思っていましたよ」

マティアス的には軽い冗談のつもりだったのだが。

「――っ」

その瞬間、フランチェスカの顔が、ぼぼぼぼぼぼ、と火をつけられたかのように真っ赤に染まった。

（あ、やばい）

自分が慣れ慣れしい態度をとってしまったことに気づいたマティアスが、手を引こうとするよりも早く、フランチェスカは「や、や、それは、そのっ、えっと、ではまた今日からおねだりします……」としどろもどろに口にし、くるりと踵を返して走り出す。

よろよろしたあぶなっかしい足取りのフランチェスカを見送りながら、マティアスもまた緩む口元を隠すように手のひらで顎を覆っていた。

「いや……可愛すぎるだろ……」

そして同時に、激しく気分が落ち込んだ。

素直に受け入れるしかない。

ああそうだ。フランチェスカは愛らしい。とても魅力的だ。

頑張り屋で行動派、とにかくなんでも自分でやってみないと納得しない強情な一面はあるが、他人を慮る(おもんぱか)こともできる、よくできた女性だと思う。

貴族の中でも特に身分が高い家系に生まれているはずなのに、いかにも貴族らしい傲慢な態度がかけらもない。

それは同じく平民のルイスやダニエルからも伝え聞いていた。

部下たちはすっかりフランチェスカにメロメロになっていて『マティアス様は本当にいい奥方様を貰ったよなぁ！』と喜んでいるらしい。

おそらく彼女は十八年間箱入り娘として生きてきて、貴族とはこうあるべきだという振る舞いを叩きこまれずに育ってきたのだ。おっとりしつつも純粋で、どこかパワーに溢(あふ)れた性格は、彼女自身の気質なのかもしれない。

『白い結婚』の申し出を後悔はしていないが、フランチェスカの素朴で優しい振る舞いは、確実にマティアスの心を揺さぶっていた。

(――危険だな)

これ以上の好意を持ってしまえば、いずれ訪れるに違いない別れが辛くなる。

マティアスは胸元に手をやり、そうっと手のひらで上着の胸ポケットを押さえる。

その中にはお守りの『ポポルファミリー』が入っていて、ここにいるよ、と確かに伝えてくれているようだった。

＊＊＊＊＊＊＊＊＊＊＊＊＊＊＊＊＊＊＊

マティアスのことを考えるたび、心臓があり得ないくらい胸の中で跳ねる。

（私の旦那様、私をトキメキ死させる気なのかしら⁉）

フランチェスカは書き物机に突っ伏してギギギと唇を引き結んだ。

ここ何日か、マティアスに見せるための企画書作成のため、夜更かしが続いていた。なので『おやすみのキス』を貰いに行くのを辞めていたのだが、なんとマティアスから、

『あなたがおやすみのキスをねだりに来ないのは、寝てないから？』

『少し寂しく思っていましたよ』

と言われて、顔から火が出そうなくらい照れてしまった。

あくまでもあれは冗談だろう。わかっている。大人の男というものは本気ではなくとも、そういう振る舞いをするものだ。兄嫁のエミリアからも『ジョエル様は天然の人たらしなんです！』と悲鳴交じりに聞いたことがあるのでよくわかっていた。

そしてフランチェスカも一応十八歳の乙女であるからして、素敵な異性から甘い言葉をささやかれれば、当たり前のようにときめいてしまう。

（いや、恥ずかしがってばかりではだめね。これは貴重な体験だわ！　せめてこの気持ちを書き留めておかないと！）

フランチェスカは書き物机の引き出しから洋紙を取り出し、今の感覚を忘れないようにとマティアスから貰った言葉をがりがりと書きつけてメモを取る。

そうやって己の感情をすべて吐き出して、熱い紅茶がすっかり冷める頃、ようやくフランチェスカは一息つくことができた。

素敵な旦那様のおかげで、当分ネタ切れはなさそうだ。

「……ふぅ」

大きく息を吐いたところで、ベッドを整えていたアンナが少し心配するように声をかけてくる。

「お嬢様、楽しんでやられているのはわかるんですが、あまり無理はされないようにしてくださいね」

「ええ、わかっているわ。でも大丈夫。今の私はすっごく元気だから」

小説を書いている時、フランチェスカは自分でも信じられないくらいタフになる。

体だけではない、心もだ。全能感とでもいうのだろうか――。自分にできないことはないというような気になって、若干無理をしてしまう時があった。

(今は大事な時だし……もう少し頑張ろう)

まったく自重する気はないのだった。

それからフランチェスカは、マティアスの承認も得たことで、水を得た魚のように動き回った。

企画書の作成から予算の見積もり等々、舞台に関しては王都でブルーノ・バルバナスの著作を独占販売しているオムニス出版に特別協賛を正式に依頼した。ＢＢ初の舞台脚本ということで、今後書籍として出版する予定である。

なにもかもが順調に思えたが、すぐに問題が勃発した。

主役を演じる俳優がいないのである。


ケトー商会の応接間にはフランチェスカと仕事帰りのマティアス、ルイス、それにダニエルの四人が集まって額を突き合わせていた。

「大問題が発生しています。マティアス様にぴったりの役者がいないんです」

本番まであと二か月、長いようで短い。

お芝居をやろうと盛り上がったのはいいが、なんと一か月経っても劇団が決まらない。脚本は先日書き上げたのに、一刻も早く稽古に入りたいがそれどころではない。

「――――」

マティアスは無言で「そんなことと？」という顔をしたが、フランチェスカはそれを無視してダニエルとルイスに熱っぽく語りかけた。

「となると、芝居は中止？」

ルイスが首をかしげる。

「いいえ、中止にはできません。お芝居は花祭りの目玉ですから」

フランチェスカはぎゅっと目元に皺を寄せて、ダニエルとルイスの顔を見比べた。

「とは言え、そろそろ決めないとさすがに困るんじゃないか？」

マティアスの言うとおり、花祭りまで残り二か月。いくら短いお話とは言え、主演を決めないまでは稽古も進められない。

「そうなんですけど……。主演に関しては、絶対に、絶対にっ、妥協したくないんですっ」

つい先日刷り上がった脚本の冊子を握りしめて、唇を引き結ぶ。

では王都だけではなく、他国から評判の劇団を招集してはどうか、とか。いっそ紙芝居にしてはどうだとか、議論だけが白熱する中、それまで黙っていたダニエルが、ふと思いついたように口を開いた。

「いっそのこと、旦那様ご本人が演じてみては？」

「――――は？」

マティアスがきょとんとした顔になる。ルイスもフランチェスカも同じだった。唖然(あぜん)としたところでさらにダニエルが言葉を続けた。

「脚本を拝見しましたが、旦那様の役は物言わぬ態度が原因で周囲に誤解を生むという役柄なので、それほどセリフの数は多くないですよね」

「ちょっ……ちょっと待てダニエル。俺が役者の真似(まね)なんかできるはずないだろう……！」

慌てた様子で、マティアスが椅子をがたんと鳴らし立ち上がったが、フランチェスカは声をあげていた。

「それですわ！　すごい、その案最高です!!!」

そうだ。本人に似せた役者ではなく本人が演じればいいのだ。

思わず絶叫してしまったが許してほしい。フランチェスカは椅子から立ち上がり、そのままマティアスに駆け寄り、彼の大きな手をぎゅっと握った。

「ぜひぜひそうしましょう！」

「いや、さすがに役者の真似事なんて絶対に無理だ！」

珍しく激しく動揺した様子で、マティアスはぶるぶると首を振る。

普段冷静な彼の慌てた姿は珍しいが、それどころではない。

本人が演じるというアイデアを聞いてしまった以上、それ以外の選択肢はフランチェスカの脳内から吹っ飛んでいた。

「そんなことを言わずになんとか！　マティアス様以外にマティアス様を表現できる人はいませんっ！」

「フランチェスカ、無茶を言わないでくださいっ！　素人の俺には絶対に、絶対に無理に決まっているっ！」

頑(かたく)なに拒絶するマティアスだが、黙って様子を見ていたルイスが、いきなりひらめいたと言わんばかりにポンとこぶしを叩く。

「だったら奥方様も出演されたらどうです？　夫婦ふたりでなら大将もやれるでしょ？」

「えっ？　私が？　なんで？」

いきなり自分におはちが回ってきて、フランチェスカはきょとんと目を丸くした。

「奥方様が男装して、ジョエル様を演じるんです。奥様が男装すればまさに花のような美青年になるでしょうし。なにより領主夫婦が舞台を上映するとなれば、そりゃあ盛り上がりますよ。絶対に成功間違いなしです！」

「え、ええっ、で……でも……」

フランチェスカはいきなりの展開に、言葉を失ってしまった。

さっきまでマティアスに舞台に立ってほしいと思っていたはずなのに、自分に矛先が向けられると一気に怖気づいてしまった。

（私がマティアス様と一緒に、舞台に立つ……？）

黙り込んだフランチェスカを見て、今度はマティアスがルイスに対して目をむく。

「お前、貴族が役者の真似事なんてするわけないだろうが！」

それを聞いたフランチェスカは慌てて首を振った。

「それは間違いです、マティアス様！」

「は？」

「観劇は王族の娯楽のひとつですから。私もおばあ様に誘われて、何度か王宮で兄様とお芝居を披露したことがあるんです」

身内の子供たちを着飾らせ、古典やおとぎ話を演じさせるのは、気軽に町に出られない王族の楽しみとしてはごく普通のことだった。

「見るだけではなくて、おばあ様や王様、大臣まで役者をしてお芝居を楽しまれることもしょっちゅうでした」

「――マジか」

マティアスは嘘だろうという顔でぽつりとつぶやき、それから目頭を指でぎゅっとつまんでうつむいてしまった。強張った肩のラインから彼の不安が伝わってくるようだ。

(そりゃぁ、私だって不安だけど……)

だがふたりならやり遂げられるのではないだろうか。そしてふたりで課題を乗り越えることによって、絆が結ばれるかもしれない。

(マティアス様が、私を好ましい人間だと思ってくれるかも！)

そう思うと、もうフランチェスカは止まれない。

不安よりも先に、なんとかなるだろうという謎の自信が込み上げてきた。

「マティアス様、不安なのはわかります。私だって不安です……。でも、ふたりで頑張ればできるんじゃないでしょうか。その、マティアス様の普段のお仕事の邪魔にならないよう、私もいろいろ気を配りますので、やりましょう……！」

ぐっとこぶしを握りマティアスに詰め寄った。

「これも領民の笑顔のためだと思って！」

その瞬間、彼は詰めるように息をのむ。

我ながら少しズルいと思ったが、マティアスは本当にこの言葉に弱い。

普段からプライベートもすべて投げ出して仕事をしている彼にとって『領民のため』というカードは最終兵器に等しいのだ。

「――わかった。あなたがそこまで言うのなら」

マティアスは何度も深いため息をついたが、最終的にＯＫしてくれた。

そうしてフランチェスカは、なんとマティアスと夫婦で花祭りの舞台に立つことになったのだった。


マティアスが本人役を演じると決まり、フランチェスカの筆はのりにのった。

「お嬢様、少し休まれたほうがよくないですか？」

アンナが書き物机の上にハーブティーをのせる。

「うん……あと少し。ここを修正したら寝るわ」

フランチェスカは洋紙の隙間を埋めるように万年筆を走らせている。

時計の針はすでに深夜を回っていたが、なかなか手が止まらない。時間をかければいいものができるわけではないのだが、少しでもマティアスの負担を減らすために、脚本を書き直しているのだ。

マティアスは領主として毎日休みなく、ほぼ深夜まで執務に追われている。そんな彼に頑張ってセリフを覚えろとは言いづらい。なので長ゼリフが必要な部分はマティアスに背格好の似た俳優を使い、顔を見せない形で舞台に立たせることを決めた。

マティアスが顔を出すのは、ここぞというところだけでいいようにする。

そんなこともあり脚本の大部分を書き直しているのだ。

「アンナ、心配しないで。私、シドニアに来てからすごく体調がよくなった気がするの」

「確かに最近のお嬢様は、お食事もよく召し上がるようになりましたし、真っ白だった顔色も、若干頬に赤みが増すようになって、すこ～し健康になられた気もしますけど」

「でしょう？　やっぱりやりがいって大事なのね。私、今人生を最高に楽しんでいる気がするわ！」

もちろん小説を書いている時は、ずっと楽しかった。

自分が頭の中だけでぼんやりと考えているストーリーを形にし、一冊の作品とする喜びは、何物にも代えがたい感動があった。とは言え執筆作業は自分ひとりだけのもので、そこには他人の入るすべはない。己ひとりですべてが完結していた。

だが今は違う。演劇は皆で作り上げるものだ。連帯の喜びがある。

舞台が成功してシドニア領地の人たちに喜んでもらえたら、きっとマティアスも嬉しいだろうし、自分も妻として認めてもらえるに違いないという期待が、フランチェスカを動かしていた。

「うん……だから、頑張らなくちゃ。いいものを作らなきゃ……」

そこで、机の上に置いていた原稿用紙が、ひらりと一枚床に落ちる。

「あっ」

拾い上げようと床に向かって手を伸ばした瞬間、頭がクラッとして目の前が真っ暗になった。

（部屋の明かりが消えた？）

アンナに頼んでつけてもらわなければと思ったところで、

「きゃあああっ、お嬢様っ！」

アンナの絹を裂くような悲鳴があがった。

(なに、どうしたの。アンナ。虫でも出たの?)

なにを騒いでいるのかと、苦笑しつつ顔をあげようとしたが——。

視界はそのまま床に近づき、フランチェスカの体は椅子から転がり落ちる。

(私また倒れて……!)

頭を打たないよう、咄嗟に手を伸ばしたところまでは覚えている。

だが全身に大きな衝撃を受けた後、フランチェスカは意識を失ってしまったのだった。

＊＊＊＊＊＊＊＊＊＊＊＊＊＊＊＊＊

「そろそろ帰るか……」

書類のページを繰っていたマティアスは、安定剤代わりに左手に持っていた白猫ちゃん人形をじっと見つめながらつぶやく。

「見れば見るほど、彼女に似ている気がするな……」

真っ白で青い目をした白猫ちゃん人形は、ポポルファミリーシリーズの中でもお気に入りの人形のひとつなのだが、最近この人形とフランチェスカが脳内でかぶり始めていて、我ながらヤバい自覚がある。

三十男が人形を常に携帯しているのもキツイし、癒しを感じているのも怖い。

さらに最近は、妻と人形を脳内で同一化していて、いくら考えないようにしようと思っても、考えることがやめられない。

（赤いエプロンドレスもよく似合っているが、彼女の目に似たブルーのドレスを着せても可愛いだろうな）

などと、人形を見つめながら脳内で着せかえバリエーションを真剣に考えてしまうのである。

我ながら本当にヤバいと思う。だがこれもすべて妻が可愛すぎるのがいけないのだ。

フランチェスカ自身に罪はなにひとつないが、恨み言のひとつでも言いたくなってしまう。

マティアスは人形をじいっと見つめながら、また盛大なため息をついた。

そんな静かな夜の時間は、部下の唐突な呼び声で破られた。

廊下の奥から「大将〜‼」と大きな声が近づいてくる。人形を胸ポケットに仕舞いこんだところで執務室のドアが開き、ルイスが転がり込んできた。

「大変だっ！」

「なんだ、どうした」

マティアスはさらりと受け流しつつ尋ねる。

ルイスは愉快な男だが万事大げさで騒々しい男なので、大変と言われてもそうでない場合がほとんどだ。

きっと『酒場で口説いていた店員に振られた』とか、もしくは『独身だと思って手を出した女が既婚者で、旦那から決闘を申し込まれてしまった、どうしよう』だとか、そんなことだろうと思ったところで、

「おっ、奥方様が倒れたって！」

と、文字通り大変な報告を受けてマティアスの心臓は一瞬で止まりそうになった。

「馬車は？」

「ダニエルさんが迎えの馬車をよこしてる！」

「わかった」

慌ただしく部屋のすみのコート掛けから上着を手に取ったところでルイスが少し気遣うように声を掛けてくる。

「なぁ、大将」

「……ん？」

「その、奥方様とBBって、そういう仲だったりする？」

「は？」

思わず上着を羽織る手が止まってしまった。

「や！　そんな怖い顔しないで！　あの奥方様が『親しいからなんでも言える』って言ってたの、ちょっと気になっただけだから!!!　でもあり得ないよね！　そんなの旦那である大将が一番よくわかってるよな〜！　ハハハ！」

「こんな時にごめん……」

ルイスは慌てたように顔の前で手を振り、それから大きく息を吐いて腰に手をあてて頭を下げた。

「――いや、いい」

っていた。

マティアスは言葉少なに返事をして、そのまま階下へと駆け下りて迎えの馬車にひとりで飛び乗

(BBとの仲なら、俺だって疑ったさ)

フランチェスカが親しくしている男。ダニエルが言うには『宮廷の知識人で貴族』らしい。自分とは真反対の男だ。

フランチェスカは世界中の本を読むために家庭教師をつけて、さまざまな国の言葉を学んだくらい、本が好きらしい。さぞかし気が合うんだろうと思うと、胸の表面がチリチリと焦がされるような気持ちになる。

(だがそれをフランチェスカに尋ねる勇気もない)

戦場では向かうところ敵なしと言われた自分が、だ。

(それにしても、俺、どんな顔をしていたんだ)

マティアスはつい先ほどルイスに言われたことを思い出しながら、自分の顎のあたりを手のひらで撫でる。

領地のほぼど真ん中にある宿舎から屋敷までは馬車で十五分程度の道のりだ。いつもはそれほど長いとも思わないのに、今日は何倍にも感じて、何度も胸元の懐中時計で時間を確認してしまう。

そして屋敷の前に到着するやいなや、物音を聞きつけたダニエルが飛び出してきた。

「旦那様」

「フランチェスカの様子は！」

「今お医者様が診察中です」

駆け足で螺旋階段を上り、フランチェスカの部屋へと向かった。するとドアが開き中から医者と看護師、アンナが姿を見せる。

「先生！　フランチェスカの容体は⁉」

慌てて尋ねると、初老の医者は唇の前で指を立てて「お静かに」とささやいた。

「あ……すまない」

興奮のあまり大きな声を出してしまったことを恥じて、小さく頭を下げる。

「それで彼女はなぜ倒れたんだ？　もしかして大変な病気の可能性が……？」

ハラハラしつつ尋ねると、

「過労でしょう」

と、あっさり答えられる。

「過労……？」

「メイドに話を聞きましたが、どうも寝不足が原因らしい。嫁いで来られる前は、あまりお体が丈夫ではなかったということなので、せめて夜はしっかり眠るようにしてください」

そして医者は「新婚とは言え、ほどほどに。ふふっ……」と言い、アンナに見送られて玄関へと下りて行った。

一瞬、なにを言われたかわからず考え込んでしまったが、次の瞬間ハッとした。どうやら夫婦の夜の時間のことをたしなめられたらしい。

（『ほどほど』ってそういうことかよ……）

かあっと頬が熱くなるのが自分でもわかったが、一応表面上は夫婦なので『違う』とも言いづらい。腰に手をあてて大きく深呼吸を繰り返した後、フランチェスカを起こさないよう彼女の部屋の中へと足を踏み入れた。

彼女はたくさんの枕にうずもれるように眠っていた。

「フランチェスカ」

枕元に立ち彼女の手を取ると、ひんやりと冷たい。白磁を思わせる艶やかな顔は蠟燭（ろうそく）のように白く、薔薇色の唇も青白かった。相変わらず額に入れて飾りたくなるような美貌だったが、マティアスの胸はぎゅうぎゅうと締め付けられるように苦しくなり、たまらなくなる。

（どうして俺は、こうなるまで放っておいたんだ……。毎晩夜遅くまで、彼女の部屋の明かりがついていることを知っていたというのに）

花祭りを行うと決めてから、フランチェスカは常に忙しそうだった。

しかもつい先日、マティアスとフランチェスカのふたりが舞台に立つことが決まり、脚本にさらに修正を入れてもらうことになったとかで、夜遅くまで部屋の明かりが消えることはなかった。

役者が揃ったことで、衣装作りのために大量の布見本を取り寄せて、ああでもないこうでもないと言っていることも知っていた。

とにかく彼女はオーバーワーク状態だったのだ。

なのに自分ときたら『元気があるのはいいことだ』と重く受け止めなかった。

我ながら本当に馬鹿だ。彼女は元気があったのではなく、無理をしていたというのに。

妻の体調に気を配れなかった自分に、腹が立ってしょうがない。

「旦那様、このようなことになり申し訳ございません」

医者を見送って戻ってきたアンナが深々と頭を下げる。アンナはフランチェスカが王都から連れてきた侍女だ。幼い頃から彼女の側にいて、もっとも信頼されている女性でもある。

「お前ひとりのせいじゃない。彼女が毎日夜遅くまで頑張ってくれていることは知っていたのに、止めなかった。俺にも責任がある」

マティアスはもう一方の手でフランチェスカの頬にかかる金髪をかき分けると、入り口に黙って立っているダニエルを振り返った。

「明日から数日仕事は休む。それと彼女を夫婦の寝室に運ぶから準備してくれ」

「畏まりました」

ダニエルは小さくうなずくと、屋敷のメイドを何人か連れて部屋を出て行った。

「旦那様……寝室を移動するのですか？」

アンナが少し不思議そうに首をかしげる。

「ああ。彼女が起きても働かないように、見張る必要があるだろ？」

「それは……確かにそうです。お嬢様の性格上、遅れた分を取り戻そうと無理をする気がいたします」

アンナはこくこくとうなずき、それからちょっとホッとしたように目を伏せる。

「でも……この地に来てからお嬢様は本当に元気になられたんです。王都にいた頃はお部屋にこもって本を読んでばかりでしたし、お食事も子猫くらいしか食べなくて……。きっと旦那様に認めてもらいたいっていう目標ができて、毎日が楽しいんだと思います」

「楽しい？」

「はい。どうかお嬢様をお認めいただきますよう……お願いいたします」

アンナは深々と頭を下げた後、ダニエルを手伝うと言って部屋を出て行った。

「――なぜ、と思ってはいけないんだろうな」

BBとの関係はいったん保留するとしても、妻として認めてほしいという彼女の気持ちに疑う余地はないのだ。

マティアスは深々とため息をつき、それからくしゃくしゃと赤い髪に指を入れて強引にかき回す。

妙に落ち着かない気分になって、そのまま部屋の中を見回した。

（それにしても、若い娘の部屋とは思えないくらい質素だな……）

花嫁を迎えるつもりがまったくなかったので、部屋の改装は一切されていない。そのうち壁紙を貼り直したり調度品を新しくしたいと言われるだろうと思っていたのだが、ずっとそのままだ。

フランチェスカは侯爵領の一部と、莫大（ばくだい）な持参金とともに嫁入りしている。

結婚時に交わした契約では、離縁時には利子をつけて全額妻に返却としているのだが、ダニエルからは『安定した資産運用で利子は十分賄えますけど、くれぐれも離縁されないようにしてくださいね！』ときつく言い渡されているほどの大資産だ。

ダニエルに離縁予定の『白い結婚』だと告げたら、憤死されてしまうかもしれない。その日が来るまで内緒にしておかなければならないだろう。

とにかく――それほどの資産家であるはずなのに、ダニエルがフランチェスカから頼まれたのは、レターセットや文具、町を歩くのに違和感がないような普段着を数枚くらいで、豪華なドレスやアクセサリーなどひとつも欲しいと言ってこないらしい。

マティアスが知っている貴族は、男女問わずいつも豪華な衣装に身を包み、夜ごと酒とギャンブル、そして美しい愛人に溺れて享楽的な生活を送っている者ばかりだったので、フランチェスカが特別に変わっているのだろう。

（本当に……俺が知っている貴族の誰とも違うな）

なんとなく手持無沙汰で、窓の近くの書き物机に近寄る。

机の上には花祭りに関する書類や報告書等々が積まれていた。誰もこれを見て侯爵令嬢の机の上とは思わないだろう。

散らばっているのが気になって、つい片付けてやろうかと書類をまとめていると、そのうちの一枚がひらりと床に落ちてしまった。

何も思わず拾い上げたところで『マティアス様をモデルに』という一文が目に入る。

「……ん？」

妻とは言え、プライベートな手紙を勝手に盗み見るつもりはなかったが、己の名前があったのでつい視線で文字を追っていた。

脚本に関しては私が責任をもって書き直しています。

お芝居とは言え、私の夫であるマティアス様をモデルにするんですから手を抜くつもりは一切ありません。

その代わり『シドニア花祭り』への協賛、よろしくお願いいたします。

BB

追伸　王都で宣伝をばんばん打ってくださいね！

アンナにチェックさせますからね！

それと――～……

追伸の途中で手紙の文字はぐにゃぐにゃしたミミズがはったような字で止まっている。どうやらここで力尽きてしまったらしい。

「BB……？」

マティアスは署名を見て何度も目をぱちくりさせる。

『私の夫』『マティアス』

書いてある文字を何度も読みながら、頭の中であれこれと考え、そしてひとつの結論に至った。

「もしかして、フランチェスカがBB……なのか？」

状況はその可能性をはっきりと告げているが、同時にマティアスが知っている世間の常識が、それはいくらなんでも論理が飛躍していると横やりを入れてくる。

そう、作家というのは男の仕事なのだ。

女性がやるものではないし、なおかつ侯爵令嬢が作家であるなんてあり得ない。

マティアスの知っている常識が頭の中で叫ぶのだが、同時に貴族らしくないフランチェスカのこれまでの行動を考えると、ありうるのではと思ってしまう。

「だがしかし……」

手紙を持ったまま凍り付いていると「う……」と、背後でフランチェスカがうめき声をあげるのが聞こえた。

「っ……！」

慌てて手紙を戻し、書類をまとめて机の上に置きフランチェスカの枕元に戻る。

「大丈夫ですか？」

顔を覗き込むと、相変わらず両の目は硬く閉じられたままだった。目が覚めたのかとドキドキしたが、そういうわけでもなかったらしい。

しばらくその寝顔を見つめた後、ゆっくりと問いかける。

「君が……ＢＢ？」

返事が返ってくるとは思わなかったが、尋ねずにはいられなかった。

普通、貴族令嬢は性別を偽って小説を書いたりしないが、もし彼女がＢＢだとしたら――？

彼女が身分の釣り合う貴族たちとの縁談を断り、シドニア領まで嫁いできた理由がようやく理解できた気がした。

(そうか……すべては小説を書くためなのか！)

貴族は仲間内で他人の『落ち度』をスイーツのように楽しむ。マティアスの八年前の失態ですら、彼らはいまだに忘れてはくれない。

だから侯爵令嬢という身分にふさわしい男と結婚したら作家は辞める必要があるだろう。正体が露見すれば、自分ひとりの問題ではなくなるからだ。

だが結婚相手がマティアスならどうだ。

王都には『領地運営のため』と理由をつけて、この八年間で一度も寄り付かなかった。シドニア領主の妻なら、作家を続けられると思ったのではないか。

彼女は貴族という特権階級よりも、作家であることを選んでこの地に来たのだ。

なぜ身分違いの結婚に積極的だったのか、その理由がようやく理解できて、少しだけ肩の荷が下りた気がした。

(それでもまぁ、ずいぶん変わっているとは思うが)

いくら流行作家といえども覆面作家だ。どこぞの名門貴族に嫁いで奥様として過ごしたほうがどれだけ華やかな生活を送れるか、比べるまでもない。

「フランチェスカ……」

なにげなくフランチェスカの手元を見ると、インクで指先が汚れていた。マティアスはそのほっそりとした手を取り、指先を親指でなぞる。

「今更あなたのことを知りたくなったと思うのは、おかしいだろうか」

正直言って、彼女に利用されたことを複雑に感じる気持ちもある。

だがやはりマティアスは、フランチェスカを悪く思えなかった。

初めて彼女と顔を合わせた日のことを思い出す。

雪吹き荒ぶ中で『私は王都で貴族として暮らすことになんの魅力も感じておりません。私もなんだかんだと十八まで生き延びましたし、今は元気です。このシドニア領主の妻として、立派に責任を果たす所存ですっ！』と、健気に叫んでいたフランチェスカの表情を。

自由にならない貴族の結婚の中で、彼女は最適解と信じてマティアスを夫とすることを決めたのだろう。

そしてきっかけはどうあれ、今の彼女はシドニア領のためにこの手をインクで汚している。

十歳まで生きられないと宣告されながら、作家であり続けるために王都を離れ、マティアスの妻でい続けるために、薄くてびっくりするような華奢な体で全力を出し、必死になっている。

その事実は誰にも否定できないことだった。

「――旦那様、寝室の用意ができました」

ドアをノックして、ダニエルが姿を現す。

「ああ、わかった」

マティアスは小さくうなずいてフランチェスカの膝裏と背中に手を差し入れ、毛布ごと持ち上げる。腕の中の可憐な少女を尊敬の念で見つめるとともに、しっかりと腕に抱いて歩き出した。

「早く元気になってくれ、フランチェスカ」

そう——マティアスは昔から『一生懸命』というやつに心から弱かった。そしてＢＢという男と親しいのかなんて、モヤモヤしていた自分が恥ずかしくなる。

じっと妻の寝顔を見つめた後、どうにもたまらなくなり、そのままそうっと頬に触れるだけのキスをしたのだった。

＊＊＊＊＊＊＊＊＊＊＊＊＊＊＊＊＊＊

幼い頃から、熱にうなされている時にいつも見る夢があった。

フランチェスカは小さな鳥で、侯爵邸の美しい屋根から空に向かって飛び立とうとするのだけれど、力強く羽ばたいても天高く舞い上がることができず、ゆっくりと落ちてゆく。

空に恋焦がれているのに、頑張れば頑張るほど空の青が遠くなる、そんな夢。

結局自分は、自由になどなれない。自分の思うようには生きられない。

（いやだ……いやだ……）

苦しみの中で、ただ心の中で、叫ぶことしかできない。

死にたくない。思い通りにならないこの体でも、やりたいことはたくさんあるのだ。

（あれ……でも私のやりたいことってなんだったかしら……？）

頭が働かない。うまく息が吸えない。熱い。苦しい。

いくら頑張ってもこのまま一生苦しむ人生なら、いっそもう終わらせてほしい。

ひと思いに楽になりたい――。

「う……」

身をよじると、

「フランチェスカ」

すぐ近くで低い声がして、そのまま上半身が抱き起こされた。

その瞬間、胸がつぶれそうな息苦しさが少しだけやわらぐ。

すうっと息を吸い込むと、

「熱さましを飲むといい。アンナがいつも飲んでいるものだと言っていた」

唇に冷たいガラスの感触がして、ゆっくりと甘くて苦い薬を流し込まれた。幼い頃から熱を出すたび何度も飲まされていた懐かしい味。

（だれ……）

看病はいつもアンナの役目だった。だがフランチェスカの体を抱き上げて、おっかなびっくりな手つきで熱さましを飲ませてくれるこの手は、アンナのものではない。

（誰なの……？）

意識が朦朧（もうろう）として、今自分が置かれている状況が夢か現実かもわからない。

はぁはぁと肩で息をしていると、慈しむように額の汗が冷たい布でぬぐわれる。

「苦しいな……かわいそうに。早く熱が下がるといいんだが」

何度か瞬きをすると、こちらを見おろす緑の瞳が目に入った。

（綺麗……）

じいっと見つめていると、その瞳が柔らかく細められる。

「目を閉じなさい」

「……」

そう言われて少し不安になる。

目を閉じたらもう二度と戻ってこられなくなる気がして、怖い。

そんなフランチェスカの不安をくみ取ったのか、

「大丈夫だ。あなたをひとりにはしない。ずっと側にいる」

「……ほん、とに……？」

「ああ。本当だ。おやすみ、フランチェスカ」

緑の瞳の主はそう言うと、優しくフランチェスカの額に口づけた。


次に目が覚めた時、フランチェスカの体はぶるぶると震えていた。

朝か昼かもわからない。ただひたすら寒くて辛い。

歯がカチカチとぶつかって頭の中で不快な音が響く。

「どうした、フランチェスカ」

低い声で尋ねられた。

兄でもない、父でもない。だが問いかける声は優しい。

「さ、さむい……寒いの……」

助けを求めるようにつぶやくと、体の上に毛布が重なった。結果、ずしりと重くなったが震えは止まらない。

暖炉で十分部屋は暖められているはずなのに、根本的に体が冷えているのだ。指先は氷のように冷たくこのままぽきりと折れてしまう気がする。

がちがちと歯を震わせているフランチェスカだったが、

「……まだ寒い？」

頭上から、少し困ったような声が響いた。

ややしてベッドがギシッと沈み、それからフランチェスカの全身が、温かい何かに包み込まれた。

「すまない。いやだったら言ってくれ」

そこでようやく、自分がずっしりとたくましい体に抱きしめられていることに気が付いた。

全身を抱えるように抱かれているので、まるで赤ちゃんにでもなった気分だが、その人の体は燃えるように熱く、一気に震えが止まった。じわじわと体全体を温められているようだ。

「あったかい……」

フランチェスカはぼんやりしながらつぶやく。

うんと小さい頃、ふかふかのぬいぐるみをベッドにたくさん入れていたことを思い出していた。

『ひとりで寝るのは寂しくて怖い』と兄に言ったら、王都中から買い集めたぬいぐるみをプレゼントしてくれたのだ。

もしかしたら、あのぬいぐるみたちが自分を温めてくれているのだろうか。

高熱で頭がぼうっとしているが、脳内に大きなぬいぐるみが自分を抱っこしている姿が浮かんで、胸がほっこりと温かくなる。

(嬉しいな……)

ぼうっとする頭のまま、すり、と胸のあたりに頰を寄せる。ぬいぐるみはビクッと大きく身震いしたが、結局フランチェスカの肩を抱きよせてくれた。

「震えが止まったな。よかった」

そして軽いため息とともに、おでこの生え際あたりに吐息がふれる。

フランチェスカを慈しんでくれる優しい声。心を安らげてくれるぬくもり。

家族を愛するのとは違う感情がフランチェスカの心を満たしてゆく。

(違う……これはぬいぐるみじゃない……)

その瞬間——まるで天啓のようにフランチェスカの脳天を、痺れるような稲妻が貫いた。

(マティアス様……?)

ああ、そうだ。ようやく思い出した。

自分をかいがいしく世話してくれているこの人はほかの誰でもない、フランチェスカの夫だ。

マティアス・ド・シドニア。

貴族社会に振り回されながらも責任を放棄せず、目の前の仕事を懸命にやりとげようとする、とてもまじめな人。

そこでようやく、自分があれこれと根を詰め過ぎた結果、倒れてしまったことをひとつなぎに思い出していた。

倒れてからいったいどのくらい時間が過ぎたのだろう。

「わたし……また、倒れて……？」

忙しい夫に負担をかけたのだと思うと、情けないやら申し訳ないやらで涙が出てきた。

（泣きたくないのに……）

だが体が弱ると、心まで弱ってしまうのだ。

唇を引き結んだ瞬間、こらえきれずに溢れた頬の涙が指でぬぐわれる。

「謝らないでください。誰もあなたを責めたりはしません」

そう言うマティアスの声は優しく、逆立ったフランチェスカの心を優しく撫でつけてくれた。

「でも……」

「本当です。一生懸命に頑張った人を、笑うやつはここにはいない」

「――マティアスさまも……？」

おそるおそる問いかけると、マティアスは小さくうなずいた。

「そうですね。俺もあなたみたいな人にはすこぶる弱くて……好きですよ」

少し恥ずかしそうに、でもきっぱりとマティアスは言い切った。

マティアスがフランチェスカを好きになったとか、そういう意味ではないと頭ではわかっているのに、彼の『好き』という言葉に胸が熱くなる。

その瞬間、フランチェスカの胸に小さな火が灯った気がした。

（そっか……私、この人を好きに……大好きになってしまったんだ……）

書くこと以上に楽しいことなどあるはずがない。そう思っていたのに。今の今までずっと、自分は恋に落ちたりしないと思っていたのに、打算だらけで嫁いだ夫に恋をしてしまった。

お話を書いている時とはまた違う、謎の高揚感に浮かされながら、フランチェスカは腕を伸ばし大樹のような男の胸にしがみつく。

（元気にならなきゃ……）

きっと彼は自分を女性として愛したりはしてくれない。ひとりの人間として大事にしてもらえるとしても、形だけの妻としか見てもらえないかもしれない。

だがフランチェスカは、このぬくもりのためならなんでもできる。そう思った。

「おやすみ、フランチェスカ」

額におやすみのキスが落とされる。

「おやすみなさい、マティアス、さま……」

フランチェスカはまた眠りに落ちる。

マティアスがこうやって側にいてくれれば、きっともう、眠りに落ちるのは怖くない。そのことがはっきりとわかったのだった。

＊＊＊＊＊＊＊＊＊＊＊＊＊＊＊＊＊

フランチェスカが倒れて丸二日、アンナや侍女がフランチェスカを着替えさせたり、清める時は部屋を離れるが、それ以外はマティアスはずっと寝室で仕事をしていた。

背中にクッションや枕を当てて、片手で書類をめくっていると、遠慮がちにドアがノックされて家令が顔を覗かせる。

「旦那様、お食事はどうなさいますか」

「……薬を飲んで寝付いたばかりだ。もう少し後でいい」

マティアスはそう言って、自分の体にしがみつくようにして眠っているフランチェスカを見おろす。

「畏まりました。では軽食だけでも召し上がってください」

そう言いつつ寝室に入ってきたダニエルは、ちらちらとベッドの上のふたりを見ながらニヤニヤしていた。

(笑うなよ……)

心の中でつぶやく。気持ちはわからないでもないが、そこを突けばやぶへびになる気がして、マティアスは動揺を隠しつつ、なんでもないことのようにダニエルに尋ねる。

「ところで例の件だが、調べはついたか」

「はい。旦那様が予想されていた通り、やはりＢＢは奥方様で間違いないかと。アンナの兄がオムニス出版でＢＢを担当しているということもわかりました。社員には誰にもその正体を明かしていないようですが、間違いないでしょう」

「……そうか」

勘違いであってはいけないと、ダニエルを通して調べさせたのだが、マティアスの推測はやはり正しかったようだ。

（アンナがフランチェスカの執筆活動を支えていたんだな）

侯爵家に仕える侍女にしては、アンナはフランチェスカと親密すぎると思っていたのだ。

身分は違うが、ふたりの間には姉と妹のような信頼関係があるとマティアスは感じていた。その秘密がフランチェスカの創作活動だとすると、納得である。

「本当に、彼女には驚かされてばかりだな」

すやすやと眠るフランチェスカの背中を撫でていると、ダニエルが眼鏡を中指で押し上げながら低い声でささやく。

「まさか離縁するなどと言われないでしょうね？」

「は？」

「確かに作家という職業は男性の専売特許かもしれませんが、才能の前にはそんなものはクソでございますよ。ＢＢはいい作家です。性別などどうでもいいことです」

どうやらフランチェスカと離婚するのではないかと疑われているようだ。

しかもダニエルは主人であるマティアスより、フランチェスカの肩を持っている。

「まさか、そんなことを理由に離縁するわけないだろう。俺は素直に感心してるんだ。ただ……知られていると思うと彼女もやりにくくなるだろうから、これからも知らなかったていでいくつもりだが」

はっきりとそう答えると、ダニエルはホッとしたように「ようございました」と胸を撫でおろす。

（とは言え、彼女が離縁したいと言い出したらすぐにそうできるように『白い結婚』を提案しているわけで……）

だが作家を続けたいフランチェスカのためには、いっそ『白い結婚』を破棄して本当の夫婦になったほうがいいのだろうかとほんの一瞬考えたが、すぐにその考えは改めた。

いくら王女から直接勲章を与えられた軍人貴族とは言え、マティアスは元平民でなんの後ろ盾もなく、本来であればフランチェスカとは口をきけるような立場ではないのである。

しかも自分の王都での評判は最悪だ。

結婚生活がうまくいくはずがないし、彼女が作家業を秘密にせざるを得ないように、自分だって小さくてかわいい人形を収集する趣味を秘密にしている。

（百歩譲って、ジョエルのように美しい青年なら許されるかもしれないが……）

『野蛮な荒野のケダモノ』の趣味がポポルファミリー人形収集だとバレたら、百年先まで笑いものになるだろう。やはり彼女とはこのまま『白い結婚』を続けるしかないのだ。いつか来る別れのために。

「――それでその……ＢＢの本は取り寄せてくれたのか」

「明日には届きますよ。それにしてもあなたが小説を読むなんて珍しいですね」

ベッドの側のテーブルに軽食とお茶がのったトレイを置き、ダニエルは意味深に目を細め、グレーの瞳を好奇の色に輝かせる。

「そりゃあ……わざわざ『シュワッツ砦の戦い』をモチーフにするんだ。どんな話を書くのか、知りたいのはおかしなことじゃないだろう」

「でも最初は、ＢＢになにか思うことがおありでしたでしょう」

ダニエルが眼鏡を中指で押し上げながら、ふふんと笑う。彼のいたずらっ子のような瞳にマティアスは心を見抜かれたような気がして、思わず反射的に言い返していた。

「俺がＢＢとフランチェスカとの仲を嫉妬したって言いたいのか？」

口にした瞬間、自ら墓穴を掘ったことに気が付いた。

奥歯をかみしめると、

「まぁまぁ……ふふっ」

ダニエルは楽しげに笑っていた。

「笑うな」

「失礼しました」

ダニエルは仰々しく胸元に手を当てて一礼した。そして最後までニヤニヤしつつ「なにかありましたらお呼びください」と部屋を出て行く。一応自分が雇い主ではあるのだが、圧倒的に人生経験に差があるせいか、ダニエルにはからかわれてばかりだ。

「くっそ……」

耳のあたりがじわじわと熱を持ち、ぴりぴりと粟立つ。

顔が赤く染まっているのが自分でもわかる。落ち着かせようと手のひらで顎のあたりのラインをなぞっていると、マティアスにしがみついていたフランチェスカが「ん……」と身をよじった。

起こしてしまったのかと慌てて彼女の肩を撫でると、またすぐに眠りに落ちる。

「よかった……」

ホッと胸を撫でおろしつつ、フランチェスカを見おろす。寒いと震えていた昨晩よりずっと顔色がいい。心配でたまらなかったが、アンナ曰くこうなると後は回復が早いので、明日には自分で食事をとれるようになるだろう、ということだった。

（そうか。元気になってしまうのか……）

早く元気になってほしい。辛そうなところなど見たくない。

だが同時に、もう少し彼女の面倒を見たいと思ってしまう自分がいる。頼られている快感が忘れられなくなりそうになっている。

「――まいったな」

頭の中で『俺もあなたみたいな人にはすこぶる弱くて……好きですよ』と彼女に告げた言葉がずっとリフレインしている。

一生懸命頑張っている人間に弱いと言ったのは嘘じゃない。

ただそれ以上の感情をじんわりと持ち始めている自分に、マティアスはもう気づいていた。

（いやいやだめだ……。彼女は作家でいたいだけで、俺の妻になりたいわけじゃない。手段と目的をはき違えると、待っている未来は地獄だぞ！）

フランチェスカは、マティアスを愛しているから妻になりたいわけではない。そこを見失って、彼女の健気さにほだされて、本当の妻にしてしまっては、本末転倒だ。

（常に一歩、引いていよう。大人の男――保護者として振る舞おう。フランチェスカに深入りしないように気を付けなければ……）

四章　「夫の思いと妻の願い」

己の恋を自覚したフランチェスカは悩んでいた。

「どうしよう……私、毎日マティアス様のことを素敵だなって思ってしまうのだけれど」

アンナがフランチェスカの髪を梳きながら、呆れた顔で首の後ろに濃紺のリボンを結ぶ。

「思っているだけでは伝わりませんよ。好きになってもらおうと思ったら全力でぶつかっていきませんと」

「それはそうね。マティアス様からしたら、私はいずれ王都に返そうと思っているくらいの妻ですもの。私はあなたの妻をやめるつもりはありませんって、主張しないと何も変わらないわよね」

領主の妻として有能であること、なおかつひとりの女性としてマティアスのことを好ましく思っていて、普通の夫婦のようになりたいのだとわかってもらうこと。

それが目下、フランチェスカの目標になっていた。

「さ、できましたよ。お嬢様は男装なさってても美少女ですが、これはこれで妖しい魅力があって最高ですね。ふふっ」

リボンの形を整えたアンナは満足げにそう言うと、励ますようにフランチェスカの背中を叩く。

「どんな女でも、好かれて悪い気がする男はいないと言いますからね。そのお嬢様の美貌でもって、マティアス様をコロッと転ばせてしまえばいいんですよ」

「そんな無茶ばかり言って」

男装姿の自分に夫がコロッとされても困るのだが、アンナの適当な軽口を聞いているとまぁ、気楽にいこうか、と思えてくるのが不思議だ。

「じゃあマティアス様のお部屋に行ってくるわね」

フランチェスカは化粧台の椅子から立ち上がり、スタスタと廊下の奥のマティアスの書斎へと向かった。

(ズボンって歩きやすいのねぇ……なにより軽いのがいいわ)

白いシャツにこげ茶色のズボン、そして足元は乗馬ブーツ。長い金髪は後ろでひとつにまとめているだけの簡素な格好だが、衣装が出来上がるまではこれで練習をすることになっている。

フランチェスカはマティアスの部屋の前で背筋を伸ばすと、軽くドアをノックした。

「マティアス様。フランチェスカです。お芝居の稽古に来ました」

そう言い終えるやいなや、ドアが開く。

「どうぞ」

ドアを開けたのはダニエルだった。男装姿のフランチェスカを見てパッと笑顔になり、いやはやと感嘆の声をあげた。

「これはこれは……奥方様なら立派にジョエル様を演じられますよ」

「ありがとう。お兄様はもっと気合いの入った完璧美男なのだけれど」

フランチェスカが少し照れつつ書斎の中に入ると、書き物机で仕事をしていたマティアスも立ち上がり、同じように軽く目を見開いた。

「フランチェスカ……」

こちらを見つめる彼の眼差しになにか熱いものを感じて、フランチェスカは夫の次の言葉を待ったが、

「いや、兄上によく似ておられて……美しいな」

マティアスはそれだけ言って、じっと食い入るようにフランチェスカを見おろす。

彼の美しい緑の瞳がまっすぐに自分に向けられると、なんだか妙に落ち着かない。

(好きだと自覚してから、一挙手一投足にドキドキして、心臓が忙しくなってしまったわ)

そのまま視線を避けるようにソファに腰を下ろすと、マティアスも隣に座る。

ダニエルがテーブルにお茶を置くのを眺めながら、

「兄は王国一の美男子と言われていますから」

と笑う。そう、兄に似ているから美しいのだ。調子にのってはいけない。

フランチェスカの言葉に、隣のマティアスは驚いたように目を見開いた。

「いや、そうではなくて……」

「え?」

そうではないというのはどういうことだろうか。ジョエルがアルテリア王国一の美男子とまで言

われているのは揺るぎない事実である。

（もしかして、兄に似ているというのもお世辞だから、本気に取るなってことかしら？）

だが結局、マティアスはなにか言いたそうに口を震わせたが、左胸のあたりを手のひらで押さえて大きく深呼吸すると、

「もうお体は大丈夫ですか？」

と、何事もなかったかのように優しく尋ねてきた。

どうやらふわっと誤魔化されてしまったようだ。

（気を遣わせてしまったかしら……）

申し訳ないと思いつつもフランチェスカは小さくうなずいた。

「はい。マティアス様に看病していただいて、すっかり元気になりました」

そう――。夜の睡眠時間を削り執筆や事務作業にあてていたフランチェスカは、無理がたたって寝込んでしまった。そしてその間、ずっと看病をしてくれたのがマティアスだ。仕事を休んでフランチェスカの側にいてくれた。

フランチェスカは思い切って、マティアスを見上げる。

（マティアス様が、好きだわ）

『執筆の自由』欲しさにシドニア領に来たフランチェスカだが、今はこの若干無口で、でも礼儀正しくて優しいマティアスに恋をしている。まさか結婚して夫に恋をすることになるとは思わなかったが、落ちてしまったものは仕方ない。

（マティアス様に、私の気持ちをお伝えしたいけれど）

マティアスはよかれと思って『白い結婚』を選択してくれたわけだが、あなたを本当に好きになってしまったので、ちゃんと妻になりたいと伝えたら、どんな顔をするだろうか。

好きだからここにいたいと告げたら、困らせてしまうだろうか。

（わからない……わからないわ……）

マティアスにとって自分はどういう存在なのか。そもそもずっと独身を通していたくらいだから、そういう主義なのだろうか。

愛人はいるのか――。

気になるけれど、尋ねて彼にいやな思いをさせたくないし、いると言われて傷つきたくもなかった。

十八年間、現実の男に恋をしたことがなかったから、なにが正解なのかわからないし自分がなにをしたらいいのか、選べない。

ただこの人の側にずっといたい――。

子供のようにそう願っているだけだった。

「あ、あの、マティアス様っ……」

彼の名を呼び、そうっとマティアスの顔を下から覗き込む。

「ずっと一緒に眠ってくださって……ありがとうございました」

マティアスは凍えるフランチェスカを腕に抱いて、温めてくれた。

優しく何度もキスをして（額にではあるが）、幼い子供のように気が小さくなっているフランチェスカを慈しんでくれた。あのぬくもりをきっかけに、フランチェスカは彼への思いに気づいたのだ。

だがその瞬間、うつむいたマティアスの肩のあたりがビクッと揺れた。

見れば眉間のあたりに、シドニア渓谷もびっくりの深い皺が刻まれている。ただでさえ強面な顔が非常に恐ろしいことになっている。

（なんだか困っておられるみたい……ああ、やっぱり迷惑だったってこと？）

マティアスは優しい人だから表立って拒否できなかっただけなのかもしれない。

「あの、ご迷惑だったとは思うのですが……その、お礼の言葉だけでもお受け取りください」

マティアスを不愉快な気持ちにさせたくない。とにかく彼が優しくしてくれるからと言って、調子にのらないでおこうと気持ちを引き締めたところで、マティアスが大きな手で顎のあたりを撫でながら、深いため息をつき、それからなにかを吐き出すようにささやいた。

「凍えるあなたを温めるのが、俺でよかったと思っています」

「っ……」

心臓が止まるかと思った。マティアスが親切でしてくれたことなのに、その言葉はどこか色気を含んでいて、フランチェスカの心臓はバクバクと跳ね始める。

夫への片思いを自覚してしまった今、その言葉はあまりにも刺激が強かった。

（だめ、フランチェスカ！　平常心、平常心よ！）

こんなことでは練習どころではない。なにかないかとテーブルの上に目をやると、出来上がったばかりの脚本が置かれているのに気が付いた。

慌ててそれを手に取りパラパラとめくる。

「脚本を読んでくださっていたんですか？」

「え？　あ、ああ……はい。つい先ほど、一通り目を通しました」

マティアスはうなずいて、思い出したように苦笑する。

「ほかの配役は、皆で平等にじゃんけんで決めると言ってましたよ。恐ろしいくらいのやる気です。あのくらい仕事も真面目にやってくれたらいいんですが」

「まぁ……」

珍しいマティアスの軽口に、フランチェスカの頬も緩む。

そう、マティアスの部下の中に元役者という異色の人物がいたらしく、彼を中心にしてそのほかの登場人物も、役人を含めた素人が演じることになった。お祭りなのだから皆で楽しもうということになり、なんとシドニア市民劇団が誕生したというわけだ。

「この本……演技ができない俺のために、いろいろ工夫してくださったんですね。ありがとうございます」

マティアスは脚本のページをなぞりながら柔らかく微笑んだ。彼の感謝の言葉に、フランチェスカの心臓は甘く疼く。

「い、いえ……私は、そうするように作家に頼んだだけですから。私はなにもしておりませんっ」

そう――。BBはフランチェスカだが、マティアスにそれを知られるわけにはいかない。

これはフランチェスカが『頑張った』成果にしてはいけないのだ。

だがマティアスは、唇を引き結ぶフランチェスカを見おろして、軽く緑の目を細める。

「?」

首をかしげると同時に、彼は手を伸ばしてフランチェスカの頭をぽんぽんと撫でる。

「それでも、あなたが頑張ってくれていることには変わらないので」

「――はい」

優しいマティアスの声に、心がぽかぽかと温かくなっていく。

「あの……マティアス様はあくまでも領主の仕事が第一ですから。出てもらえるだけで本当に嬉しいです」

フランチェスカは照れつつそう言うと「では読み合わせの練習をしましょうか」と夫を見上げた。

「ええ」

マティアスはにっこりとうなずいて、改めてフランチェスカが膝の上に広げた脚本を覗き込んだ。

これはふたりの共同作業だ。

(とりあえずお芝居を成功させることを励みに頑張ろう!)

フランチェスカは緩む頬を必死に引き締めつつ、彫刻のように美しい夫の端整な横顔を見つめたのだった。

そうしてマティアスとフランチェスカの稽古は順調に始まったかのように見えたのだが――。

「フランチェスカ。体は大丈夫ですか?」

「はっ、はいっ」

「ですがお顔が強張っているようだ。列車は揺れますので、どうぞ俺に寄り掛かってください。その……おいやでなければ」

決して無理強いはしない雰囲気の、こちらを気遣っている声に『おいやではないです。むしろぎゅっと抱き着いていたいです』と心の中で叫びながら、フランチェスカはおそるおそるマティアスのたくましい体にもたれるように寄り添った。

「失礼します」

そう言って、フランチェスカの肩を支えるマティアスの手は、今日も温かい。

(まさかマティアス様と一緒に王都に行けるなんて……! 嬉しすぎるわ~!!!)

フランチェスカは脳内で歓喜の声をあげた。

事の起こりは『シドニア花祭り』まで一か月強に差し迫った昨日のことだ。

打ち合わせと差し入れを兼ねて公舎を訪れたフランチェスカが、王都に行く必要があるとマティアスに伝えたところ『では自分も一緒に行く』と提案されたのだ。

驚いたが、目的は『舞台衣装の最終確認』と『ついでに実家に顔を出す』くらいだったので、断る理由もなかった。

そしてフランチェスカはマティアスとふたりで、王都へと向かっている。

しかも列車の旅だ。馬車なら三日三晩かかるところ、途中馬車での移動も必要になるが、列車なら半日で行けると言われ、生まれて初めて列車に乗った。残念ながら列車には個室がないのだが、ダニエルに鉄道会社に手を回してもらって、一両貸し切りにしてもらっている。

フランチェスカとしては『貸し切りにしなくても』と言ったのだが、マティアスからは『あまりお行儀のいい乗客ばかりではないので』とさらりと断られてしまった。

市井の人々の様子を感じてみたかったが、マティアスとふたりきりというのも悪くない。

（あまりはしゃがないようにしないと……！）

車窓から外の景色を意識して眺めながら、唇を引き結んだ。

浮ついて仕事ができない女だとは思われたくない。自分の恋心は別にして、マティアスには仕事の面で、領主の妻として認められなければならないのだ。

ふと、出がけにアンナからささやかれた言葉を思い出す。

『もしかしたら旦那様、フランチェスカ様のこと、好きになり始めておられるのでは？　そうでなければあれほど近寄らなかった王都に行くはずがないのでは？』

アンナの言葉は、フランチェスカを舞い上がらせるのに十分な威力を秘めていた。

本来ならアンナもついてくる予定だったのだが『急にお腹が痛くなりました。ということであたしは遠慮しておきますフフフ』と遠慮してくれたので、これからほぼ丸一日、彼とふたりきりということになる。

フランチェスカはマティアスにもたれたまま、ちらりと彼の顔を見上げた。

窓の外を眺めるマティアスの精悍な横顔は、窓から差し込む太陽光に彩られ金色に輝いていた。少し眩しいのか目を細めている、その顔が妙にセクシーに見えて、フランチェスカの胸はもう破裂寸前だ。

(マティアス様が八年ぶりに王都に行くのは……アンナが言うように、私のことを好ましく思い始めてくださっているってこと？)

八年間避け続けてきた王都に足を踏み入れるのは、わりと大きな決断だと思うが、自分がきっかけでその気になったと言われると少し嬉しい。

(調子にのってしまいそうだわ)

もしかしたら本当に、彼は自分を愛するようになってくれるのかもしれない。

そう思うとフランチェスカの胸はどうしようもなく弾むのだった。


王都に到着後、馬車に乗り換えて中央広場のすぐ側にある集合住宅へ向かった。

「マティアス様、ここは？」

てっきりそのまま仕立て屋に行くものだと思っていたフランチェスカは、マティアスに手を取ってもらいながら建物を見上げる。

「俺のタウンハウスです。少し休憩しましょう」

「でも……時間が惜しいです」

『時は金なり』だ。衣装の打ち合わせをして家族の顔を見て、今日中に帰るつもりだった。休憩なんかしていられない。

口ごもるフランチェスカを見て、マティアスは軽く目を細める。

「まぁ、そう言わずに。たまには部屋に風を通したいので、付き合っていただけませんか」

「はい……」

そこまで言われたら断れない。彼と一緒に建物に入る。

建物は五階建ての集合住宅だった。古めかしいエレベーターに乗り込み最上階で降りる。ワンフロアすべてがマティアスの持ち物らしい。領内の屋敷をほうふつとさせる、シックで品のいい家だった。

「いつご用意されたんですか？」

「ダニエルを雇ってからなので、六、七年ほど前ですね。当時は必要ないと突っぱねたんですが、用意していてよかった」

マティアスはあちこちの窓を全開にして回りながら、着ていた上着を脱ぎソファの背もたれにのせる。

「お茶を用意するので座っていてください」

たまに掃除を入れさせているらしいが、使用人を常駐させているわけではないので、なにをするにも『自分で』ということになる。

フランチェスカも「では私が」と申し出たのだが、十八年間一度も自分でお茶を淹れたことがない箱入り娘なのはバレバレで、改めて「座っていてください」と、眺めのいい窓辺の長椅子に座らせられてしまった。

(どこの世界に旦那様にお世話をさせる妻がいるかしら……)

と思ったが、彼の言うとおり、フランチェスカは疲れ切っていたらしい。一度座ってしまうと、もう立ち上がる気力が微塵も湧いてこなかった。列車に乗っていただけなのに、体がバラバラに崩れてしまいそうだ。

(はぁ……己の虚弱体質が憎いわ……)

気持ちばかり先走って、思い通りに動けない自分にイライラしてしまう。肘置きにもたれながら、ぼんやりと窓の外を見つめていると、

「――どうぞ」

目の前のテーブルにカップが置かれる。ふわりと鼻先に不思議な香りが漂った。

「いただきます……」

正直、今はなにも口にしたくないと思っていたが、せっかく入れてもらったお茶を無駄にはしたくない。

カップを持ち上げて唇をつける。一口飲んで驚いた。匂いはきついと思ったが、たっぷりのスパイスとお砂糖が入ったお茶は、びっくりするほど美味だった。

「マティアス様、これ、すごくおいしいのですが……!」

「お口にあってよかった。軍隊式のスパイスティーなのであまり上品ではないんですが、疲れには

効きますよ」

マティアスも長い足を組んでフランチェスカの隣に腰を下ろし、お茶を口元に運んだ。開け放った窓から吹き込む風にそよぐ彼の赤毛が美しい。

（あぁ……部屋に風を通すためではなくて、私を休ませるためにここに寄ってくださったのね）

忙しいマティアスの時間を奪ってはいけないと、焦っていた気持ちが少しだけ緩む。

「マティアス様、ありがとうございます。私、また肩に力が入っていました。同じ過ちを繰り返すところでした。学ばない自分が恥ずかしいです」

倒れた後、根を詰めすぎるなと言われたばかりなのに、気力でなんとかなると思い込んでしまう。もう少しやれるはずだと思ってしまう。たぶんそれは『そうありたい』というフランチェスカの願望なのだろうけれど。

（マティアス様に呆れられてしまったかも……）

がっくりと肩を落としたところで、そうっと膝の上に手が置かれる。

「フランチェスカ。そのために俺がいるんです」

「え？」

マティアスの言葉に、フランチェスカの胸がドキッと跳ねる。大きなマティアスの手のぬくもりに、じんわりと体が熱を帯び始めた。

『もしかしたら旦那様、フランチェスカ様のこと、好きになり始めておられるのでは？』

脳裏にアンナの言葉がぐるぐると回って離れない。もしかしたら、今ここで彼に思いを告げたら、妻として受け入れてくれるのではないだろうか。

(これ以上のチャンスなどないのでは……!?)

フランチェスカは膝の上でぎゅっとこぶしを握りしめた後、勇気を出して顔をあげる。

「あのっ……」

「形ばかりの結婚かもしれませんが、人として俺を信用してください。フランチェスカ……俺は保護者として、あなたの力になりたいと思っています」

「――」

こちらを見つめるマティアスの目はとても優しかったけれど、目の前でズバッと線を引かれた気がした。

保護者――。

彼の言葉に目の前が真っ白になる。

(あぁ、そうなんだ……)

彼から見て、フランチェスカはまだまだ子供で。とても恋をするような相手ではなくて。

要するに彼にとって手のかかる妹のようなものなのだ。だからこんなに優しくしてくれる。

(そうなのね……)

全身から血の気が引いているのが自分でもわかった。

握りしめた指先が氷のように冷える。胸がぎゅうぎゅうと締め付けられて、息がうまく吸えなくなったが、必死に奥歯をかみしめた。

「――フランチェスカ？」

彼の前で泣きたくなくて、彼の美しい緑の瞳から逃げるようにうつむく。

（泣いてはだめよ、フランチェスカ……これ以上マティアス様を煩わせたりしないで……！）

フランチェスカの黄金色の髪がさらさらと肩からこぼれ落ちて、顔をカーテンのように覆い表情を上手に隠してくれた。

何度か深呼吸した後、フランチェスカはそうっと目の縁に浮かんだ涙をぬぐい、顔をあげた。

「ありがとうございます、マティアス様。そう言っていただけて、とても心強いです」

精一杯笑って強がったのは、スプーン一杯くらいの意地だったかもしれない。

「――」

マティアスの緑の目と視線が絡み合う。お互いの心の奥底まで覗き込もうとするような、静かだけれど熱い視線。

先に目を逸らしたのはマティアスだった。

少し戸惑ったように目を伏せて、低い声でもう一度、念押しするようにささやいた。

「本当に、あなたの力になりたいと思っているんです」と――。

それから間もなくして、仕立て屋が頼んでいた衣装の見本を大量に持ってタウンハウスへやってきた。

驚くフランチェスカに、

「店に行くよりも、うちに運んでもらったほうがいいでしょう」

とマティアスが説明する。なんとマティアスがそのように準備していてくれたらしい。

「なにからなにまで、ありがとうございます」

「手配したのはケトー商会ですから」

マティアスは遠慮がちに微笑み「では、俺は別室で仕事をしています」と別の部屋に行ってしまった。

（マティアス様……）

後ろ髪引かれる思いで夫の背中を見つめたが、その気持ちを必死で抑え込む。

（寂しいなんて思ってはだめ。今は『シドニア花祭り』を成功させることを考えなくては！）

フランチェスカはキリッと表情を引き締めると、決意を燃やすのだった。


仕立て屋との打ち合わせが一段落した時、窓の外ではとっぷりと日がくれていた。

テーブルの上の大量の布やビーズを眺めながら、フランチェスカはため息をつく。

（実家に顔を出しても、お茶を飲む暇もなさそう……）

そんなことをぼんやりと考えていると、別室で書類仕事をしていたマティアスが顔を覗かせた。

「そろそろヴェルベック家から迎えの馬車が来る頃です。明日の昼に迎えに行くから、今日は実家でゆっくり羽根を伸ばしてください」

「えっ！」

驚きすぎて声が出てしまった。なにからなにまですべてマティアスが準備してくれているのは嬉しいしありがたいが、段取りがよすぎて気持ちがついていかない。

「でも……」

「もうこんな時間だ。無理はいけません。なんでもひとりでしょい込んではいけない。『シドニア花祭り』は皆で作っているのだと言ったのはあなたでしょう」

「――はい」

マティアスの言うことはもっともなので、ぐうの音も出ない。

結局、迎えに来た馬車にそのまま乗せられてしまった。

「なんならご実家で数日ゆっくりしてはどうですか？　積もる話もあるでしょうし」

ステップに長い足をかけて、座席に座ったフランチェスカに微笑みかけるマティアスは、本気でそう思っているようだ。

「っ……明日、必ず迎えに来てくださいねっ」

咄嗟に言い返してしまったのは、このまま置いて行かれるのではないかという恐怖を感じたからだ。

「フランチェスカ？」

マティアスは少し不思議そうに目を見開いたが、どこか必死な様子のフランチェスカを見て、理解したのかしていないのか、無言で小さくうなずいた。

「……っ」

その曖昧な反応に胸が焦れる。

フランチェスカは座席シートから立ち上がると、キャビンの中に体半分だけ入れているマティアスの肩に手を置き、ぐいっと手前に引き寄せながら、マティアスの額に唇を押し付けていた。

マティアスはフランチェスカより頭ひとつ分以上背が高いので、いつもならこんなことはできなかっただろう。

その突然のキスに、マティアスは無言でビクッと体を震わせて硬直する。

なにかを考えてやったわけではない。咄嗟の行動だが、本当は唇にしたいのを嫌われたくないから我慢した自覚もあるし、あまり褒められた態度ではないのは自分でもわかっている。

「こっ、これはおやすみのキスの前借りですっ」

だから何かを言われる前に最初に言い切ってしまった。

「――そうですか」

フランチェスカのつたない言い訳を聞いてマティアスはうめくように言うと、少し困ったように微笑みながらフランチェスカの首の後ろに手を回し、そうっと顔を近づけて頬にキスをくれた。

「いつもあなたには驚かされてばかりです。フランチェスカ」

そしてマティアスは後ろに跳ねるようにキャビンから降りると、ドアを閉めて御者に出るように合図する。

「行ってくれ」

「マティアス様……！　約束ですよ、絶対、迎えに来てくださいね！」

馬車はすぐに動き出してしまったから声は届かない。

その場に立ち尽くしていたマティアスが、馬車が見えなくなるまでどんな表情で見送っていたか、知らないまま。

フランチェスカは切ない思いで、そう言わずにはいられなかった。


ヴェルベック侯爵家のタウンハウスは王都でも有数の高級住宅地にあり、先祖代々の広大な土地を贅沢に使った広大なお屋敷である。十八年間そこで生活していたはずなのに、久しぶりの実家に妙な懐かしさを覚えていた。

愛娘(まなむすめ)の帰省を両親や兄夫婦はとても喜んでくれた。

フランチェスカを見て『顔色がよくなったんじゃないか』とか『元気そうでよかった』と大騒ぎして、なかなかの歓待ぶりだった。

(そういえばこんな家に住んでいたんだって思うの、変な感じ……)

家族の大歓迎を受け、応接室でお茶を飲みながら『シドニア花祭り』の件を話して聞かせる。話を聞いた両親が『絶対に行く』と鼻息を荒くしたのは予想の範囲内だったが、反応に驚いたのは兄嫁のエミリアだった。

「BBの久しぶりの新作がお芝居⁉　しかも義妹夫婦が出演！　なんて素敵なんでしょう～！　絶対、絶対っ、観に行きたいわ～！」

と、ぎゅっと顔の前で祈るように指を握り込み、瞳を輝かせた。

「チケットはとれるかしら？　いつ発売なのかしら！　実はＢＢのファンがお友達にたくさんいるのよ。王都でも話題沸騰なんですっ」

「そ……そうだったの？」

思った以上の反応に、ＢＢことフランチェスカは驚く。

「野外の劇場でお金をとるつもりはないんです。あくまでもお祭りがメインなので」

「無料なら、王都から押し寄せてきた客をどうさばくか、それなりに準備しておいたほうがいいかもしれないね。事故でも起きたら大変だ」

妻と妹の会話を聞きながら、ジョエルがうんうんとうなずく。

「たとえば馬車でやってきた領外からの客の休憩所をどこに作るか、宿泊したい客がどのくらいいるか。劇場で混乱が起こらないように、事前に整理券を配ることも考えたほうがいいんじゃないかな」

「えっ、ちょっと待ってお兄様っ」

兄の言葉にフランチェスカは慌てて、侍女に紙とペンを持ってこさせる。

「やることがいっぱいね……！」

祭りまであと一か月と少し。シドニア領もきたるべき初めてのお祭りに浮き足立っている。

せっせと兄の助言を書きつけていると、ジョエルが手を伸ばしてフランチェスカの頬を撫でた。

「忙しくしているみたいだけど、マティアス殿とは仲良くしている？」

「仲良く……」

兄の発言に、ぴたりと手が止まる。あれこれと想像して、頬が熱くなるのが自分でもわかった。

フランチェスカは紙の端にぐにぐにと模様を描きながら、言葉を選びつつ口を開いた。

「その……マティアス様は本当にお優しいわ。花祭りのことでも私の意見をとても尊重してくださって……温かく見守ってくれるの」

マティアスは自分を妻としては見ていない。手のかかる妹でも見ているような、それこそ保護者のつもりでいる。その事実を思うと胸が締め付けられて苦しくなるけれど、夫に恋をしているフランチェスカは、今はどんな形でも大切に思われるのが嬉しかった。

ふうっと息を吐いて、それからニコッと笑顔を作る。

「結婚してよかったって本気で思ってるわ。マティアス様をお勧めしてくれたお兄様にも、結婚を許してくれた家族の皆にも感謝しています。ありがとう」

フランチェスカの言葉を聞いて、家族たちは驚いたように一斉に目を見開き、それからニコニコと笑顔になる。

ジョエルもホッとしたように目を細め、それからよしよしと妹の頭を撫でる。

「お兄様も嬉しいよ」

「もうっ、子供扱いはやめてくださる？　私これでもシドニア領主夫人なんですけれど」

わざとらしく唇を尖らせると、また家族たちは「これは失礼」と声をあげて笑ったのだった。

翌朝――。久しぶりの実家で羽根を伸ばしたフランチェスカは、マティアスが迎えに来てくれるのを今か今かと待っていた。

「フランチェスカ、朝からずっと窓の外ばかり見ているね。せっかく帰ってきたというのに、もう帰りたい？」

窓の外を見てずっとソワソワしている妹に、兄がからかうように問いかける。

「マティアス殿との生活が楽しそうでなによりだよ」

「もうっ、お兄様までそんな意地悪を言わないで」

兄の言葉に赤面しつつ、フランチェスカは照れ隠し半分で、紅茶のカップを口元に運ぶ。

庭に面した応接室の窓を風が叩いている。

王都はすでに春の兆しがある。昔は『早く暖かくなってほしい』と思うばかりだったが、今は王都よりも、寒さ厳しいシドニアを懐かしく思っている。

（私はもう、あの地を私の故郷だと思い始めているのかもしれない……）

冬のシドニアは山を越えて吹きこんでくる風が凍えるほど冷たいが、どこを掘っても温泉が出るほど地熱が高く、寒さの割には積雪量はそうでもないらしい。町中に市民浴場も複数あり、屋敷でも豊富に湧き出る温泉を引いて湯船に溜めたり、料理や洗濯にも利用している。

数百年前は保養地として一世を風靡していたらしいが、その頃の賑わいを取り戻せたらきっとシドニアはまた豊かに蘇るだろう。

（『シドニア花祭り』はそのための大事な一歩……必ず成功させせなくちゃ）

決意を新たにしていると、正門から一台の馬車が敷地内に入ってくるのが見えた。

「あっ」

マティアスだろうか。慌てて立ち上がり窓の外を覗き込んだ。だがその馬車は明らかに上等だった。

（お父様かお兄様のお客様かしら……）

途端に興味を失って、フランチェスカはすっと椅子に座り直す。

いっそのことマティアスをタウンハウスまで迎えに行こうかと思ったが、彼は彼で家族に挨拶をするつもりだろうし、行き違いになっては元も子もない。

（マティアス様にも、こちらで休んでいただきたかったな……）

仲良し一家であるヴェルベック家の家族団らんのために、フランチェスカだけ実家に帰らせたと頭ではわかっているが、夫で同じく家族であるはずなのに身を引いてしまうマティアスのことを考え、胸が苦しくなる。

楽しい時間を過ごせば過ごすほど、ここに彼がいてくれたらと思ってしまうのだった。

それから間もなくして、メイドが来客を告げに応接間にやってきた。

「ジョエル様、ケッペル侯爵がお越しです」

「カールが、僕に？」

ジョエルが紅茶を飲みながら、軽く首をかしげた。

カール・グラフ・ケッペル侯爵は、アルテリア王国の大貴族の一翼を担う公爵の息子で、ジョエルやフランチェスカとは従兄にあたる次期公爵だ。かつては王子の学友として同盟国で盟主でもある帝国への留学にも付き添っていた。エリート中のエリートである。

「父上からはなにも聞いてなかったが……僕が対応しよう。南の応接室にお通しして」

「それが、ジョエル様と一緒にフランチェスカ様にもご挨拶したいということでした」

「私にも？」

メイドの発言に、兄と妹は顔を見合わせる。

なぜ、どうして？

少し考えたが、そもそも挨拶くらいは最初からするつもりだった。うなずいてジョエルと一緒に応接室へと向かうことにした。


「カール、お久しぶりです」

ドレスの裾をつまんで軽く礼をするフランチェスカに、窓辺に立ち外を眺めていたカールは、少し大げさな笑顔を浮かべ、近づいてきた。

「やぁ、フランチェスカ。元気だったかい。相変わらず美しいね。君が王都に戻ってきたと聞いて、慌てて駆け付けたんだよ」

慌てて駆け付けてもらうほどの関係ではないが、これも美辞麗句のひとつだ。

フランチェスカはにっこりと微笑み「お会いできて嬉しいです」と、当たり障りのない返事をする。

「シドニア領はどうかな。田舎暮らしはさぞかし辛いだろう」

カールは中指で眼鏡を押し上げながら、切れ長の目を細める。

カールはジョエルより年上の三十歳である。艶やかな栗色の髪に眼鏡をかけており、どこか冷たい印象を与える容貌だが、顔立ちはそこそこ整っていた。

（カールったらお兄様のことを昔から目の敵にしていたくせに……いったいなんの用かしら）

王女を祖母にもつ従兄弟同士ということで、カールはジョエルと自分が常に比べられていると思っていたらしい。気にし過ぎだと思うのだが、やれ乗馬の腕前がどうのとか、士官学校での成績がどうのと張り合ってきていた。

おっとりした性格のジョエルはそのたびに『すごいね、カール』と流していたが、それでも気に入らないのか『お前は顔だけの男だからな』といやみを言っていたのを、フランチェスカは忘れていない。

（とは言え、お兄様がカールに劣っていることなんか、なにひとつないのだけれど）

そんなことを思いつつ、やんわりと微笑んだ。

「楽しく過ごしております。お気遣いありがとうございます」

辛いだろうと決めつけられると、そんなことはない、こんなふうにすばらしいのだと言い返したくなるが、侯爵はああいえばこう言うの典型的な男なので、わざわざ否定する必要はない。

腹の奥に生まれた反発心をのみ込んでフランチェスカはニッコリと微笑むと、兄を含めた三人でテーブルに腰を下ろした。

お茶を淹れたメイドが部屋を出ていくと、ジョエルが口を開く。

「カール、今日はいったいどういう用件かな？　父は朝一番で領地に行ってしまったので、僕が代わりに聞くことになるけれど」

「ああ、そうだね。僕も忙しいし、さっそく本題に入ろうか」

カールは紅茶の香りを楽しみながら、眼鏡の奥のまつ毛を伏せ、どこか自慢げに口を開いた。

「これはまだ非公式の話なので他言無用にしてもらいたいんだが。実はロドウィック帝国から、第二皇女を王太子妃として迎えることが決定したんだ」

「「ええっ⁉」」

カールの驚きの発言に、ジョエルとフランチェスカの声が見事にハモり、応接室に響き渡った。

ロドウィック帝国は大陸の東に位置し、建国千年を超える、もっとも歴史がある大帝国だ。豊かな国土と安定した治世のおかげで世界の政治文化の中心であり、アルテリア王国の初代王も出身はロドウィック帝国の皇帝の血を引く縁者、ということになっている。事実かどうかは別にして、帝国の流れをくむということは、ある種の血統の正当性を保証することに等しい。

そしてアルテリアは現在、帝国の同盟国の一翼を担っている。八年前の『シュワッツ砦の戦い』も、帝国の要請を受けて出兵した作戦だった。

（それにしても、国土が十倍違うのに……）

皇女の持参金は小さな国の国家予算に値するだろうし、彼女が所有する帝国領からの収入も莫大であるはずだ。あくまでも想像ではあるが今後の付き合い方次第では、王太子妃が産んだ子が帝国で地位を得ることになるかもしれない。

そんな由緒正しき帝国の第二皇女を王太子妃に迎えるというのは、王国側からしたら破格の申し出だ。もはや国家事業である。

そんなこともあるのかとフランチェスカが感心していると、

「信じられない話だが、皇女の今は亡き乳母がアルテリア出身だったことで、幼い頃から我が国に親しみの感情を抱いてくださっていたらしいんだ。まったく、その乳母に勲章を送りたいくらいだよ」

カールは冗談めかしつつも満足げに息を吐き、カップをソーサーと一緒にテーブルの上に置いた。

「そうだったんですね」

ジョエルは感心しつつも、少し用心するように声を抑える。

「それで……フランチェスカをこの場に呼んだのは、どうしてですか？」

その瞬間、カールは声を抑えつつも、どこか興奮した気配をにじませながら、

「約一か月後、皇女は我が国に嫁いで来られる。フランチェスカには、皇女つきの女官として王宮に上がってもらいたいんだ」

と、発言したのだった。

「えっ！」

（帝国の第二皇女様つきの女官……私が⁉）

フランチェスカは、衝撃の内容に体をぶるっと震わせ言葉を失った。

この国において、王太子妃つきの女官はいわゆる下働きをするような侍女ではない。

簡単に言ってしまえば公的な友人枠である。王太子妃の友人としての振る舞いを求められる、重大な職務だ。

さらに王太子妃から信頼を勝ちえてお気に入りにでもなれば、一族郎党は当たり前のように要職に取り上げられたり、新たに領地を与えられることも少なくない。それは貴族の女性として大出世間違いなしの要請だった。

「すみません、待ってください……私は社交界デビューも済ませないまま嫁いだ人間です。とても王太子妃つきの女官など務まりません！」

カールは、わかっているとうなずきながら足を組み替える。

「もちろん、屋敷を出ないこと山の如しの『ヴェルベック家の眠り姫』とまで言われていた君については、我々は百も承知だ。だが皇女殿下は御年十八歳。フランチェスカと同い年な上、大変な読書家らしい。とにかく本が好きな女性がいい、年が近く、なんでも話せるような気の置けない友人が欲しいと、非公式でお達しがあった」

「だとしても本好きなら、私以外にいくらでもいるのでは……？」

「以前おばあ様が『フランチェスカより本を読んでいるレディはいない』と言っていたじゃないか」

「それは、そうですけど……あれはおばあ様のひいき目でしょう」

フランチェスカは戸惑いながら首を振る。

祖母はとにかくフランチェスカに甘かったので、彼女からは褒められた記憶しかない。そのおかげで今の図太い性格の自分があるのだが――。

「だが君は実際、優秀だ。帝国の公用語であるロドウィック語が話せるだろう？」

「それは……はい」

世界中の本を読むために、フランチェスカは物心ついた時から家庭教師をつけて語学の勉強をしていた。文化の中心である帝国で出版された本も然(しか)りだ。翻訳をのんびり待っていられないので、必死で学んだ。

それはただ単に『世界中の本を読みたい！』という欲望が根っこにあったからだが、それがこういった形で評価されるとは思わなかった。

どこか一歩引いたフランチェスカに向かって、カールは深いため息をつく。

「とにかく……皇女の希望は最大限応えよというのが王子の意向だ。なので君以外に適任者はいないと僕は思っている」

カールの言葉にフランチェスカはなにも言えなくなった。

（なるほど……カールは私で点数稼ぎをしたいのね……）

従妹が王太子妃つきの女官となれば、カールの将来にはかなりプラスに働くのは間違いない。

なんと返事していいかわからず黙り込んだフランチェスカを見て、カールは薄い唇に笑みを浮かべた。

「イヤだとは言わせないぞ。君は、僕の弟との結婚も断っただろう。自分にはもったいないとかなんとか理由をつけて、結局辺境のケダモノ中将のところに嫁入りした。うちに恥をかかせたんだ、当然償ってもらう必要がある」

カールの指摘に心臓が跳ねる。

そう、確かにフランチェスカはカールの弟との婚姻は早々に断っていた。嫡男でなくとも公爵令息である。地位も名誉も財産にも問題はなかったが、大層な女好きと評判の男だったので、あっさりお断りしたのだった。

(貴族同士の結婚だもの。割り切るべきだったんでしょうけど)

だがフランチェスカは心の自由を捨てきれなかった。貴族の娘として非難されてしかるべきなのかもしれない。だがそのわがままを通したおかげで、マティアスという心から好きな人ができたのだ。

そして今、シドニアを発展させるマティアスの力になりたいと心から思っている。

フランチェスカはゆっくりと顔をあげ、それからカールに向けて深々と頭を下げた。

「ありがたいご提案ですが、私はもう結婚した身ですのでお断りさせてください。それに今はなによりも『シドニア花祭り』に注力したいんです」

やんわりと首を振ると、カールが信じられないと言わんばかりに目を見開いた。

「は!? 王太子妃つきの女官を蹴って、あんな平民出身の野獣に仕えると言うのか? しかも祭りだって!? 噂では聞いていたが、野蛮なケダモノのくせに、今更人間様の人気とりをしようとでも言うのか。バカバカしい!」

「――ッ」

カールの罵詈雑言に一瞬、瞼の裏がカッと赤く染まった気がしたが、なんとかのみ込んだ。

そうだ。ここで頭に血を上らせては元も子もない。

テーブルの下できつくこぶしを握り、唇を震わせながらも従兄を静かに見つめる。

「カール、どうぞ夫を誤解なさらないで。マティアス様はとても心優しく、真摯で真面目な方です。私は夫を心から尊敬して……王都ではなくシドニアで暮らし、あの地で暮らす領主の妻として生きていきたいのです。そして領民のためにも『シドニア花祭り』を成功させたいと思っています。申し訳ありません」

穏やかな口調ではあるが一歩も引かない。

そんなフランチェスカの意志を感じ取ったのだろう。

カールは激しい音を立ててテーブルをこぶしで叩く。

「ジョエル！」

だがジョエルも引かなかった。それまで無言で話を聞いていたジョエルは、

「僕も妹と同じ気持ちです。そうでなければ最愛の妹を嫁がせようなんて思わない」

とさらりと答える。

兄と妹の抵抗を受けて、カールは苛立ったように椅子から立ち上がった。

「お前たちがここまで愚かだとは思わなかった！　それでも王家につらなる家の子か！　この恩知らずの無礼者が！　絶対に後悔することになるからな！　覚えておけ！」

完璧な捨てゼリフとともに、勢いよく応接室を出ていってしまった。

「――お兄様、ごめんなさい」

応接室から重くて苦しい空気が薄れた頃、ため息とともにフランチェスカは詫びの言葉を口にした。

「なにが？」

ジョエルはクスッと笑う。

「……お嫁に行く前だったら、断ってなかったわ」

もちろん自分に務まるのか悩みはするだろう。王太子妃のお気に入りになるはずが、逆に疎まれて、兄や父に迷惑をかけることになる可能性だってある。おいそれとは決断できない。

だが最終的に、フランチェスカは『小説のネタになりそうだから』『とうぶん結婚しなくても許されそう』というその点だけで、王宮に上がることを選んだ気がする。

なのに断ってしまった。

今のフランチェスカは『シドニア花祭り』を成功させることで頭がいっぱいだし、なによりマティアスと離れたくないのだ。彼に妻として必要とされていなくても、側にいたかった。

「私、自分のことばかりで恥ずかしいわ。せめて考えさせてくださいって言えばよかった」

即答で断るなんて、カールの面目をつぶしてしまっただけでなく、父やジョエルの立場も悪くしてしまったに決まっている。

「ごめんなさい、お兄様……」

謝罪の言葉を絞り出したところで、胸の奥がぎゅっと苦しくなって涙が浮かんだ。

それを見たジョエルが慌てて立ち上がり、椅子に座ったまましゅんとうなだれるフランチェスカを抱き寄せる。

「フランチェスカ、泣かないで。どうせ断るなら今日でもうんと先でも一緒だよ。それより僕はお前がマティアス殿をとても大事に思っているとわかって、嬉しい。あの方もお前を妻として愛してくれているんだね」

「──」

兄の言葉に、フランチェスカは胸を詰まらせながら、唇をかみしめる。

（いいえ、お兄様。それは違うの、私の片思いなのよ……！　マティアス様は私を年の離れた妹のようにしか思ってくださらないんだもの！）

本当は感謝しなければならないのだ。

押しかけ妻など迷惑千万な自分を、最大限尊重して好きなことをやらせてくれているマティアスに、さらに自分を妻として愛してくれなんて。そんなのはわがままがすぎる。

あれこれと望みすぎてバチが当たってしまう。

そう、頭ではわかっているのだが、なかなか思い切れない。マティアスが好きだから。

「フランチェスカ……」

無言で涙を浮かべる妹の黄金色の髪を優しく指で梳きながら、しばらくそのまま立ち尽くしていたのだが──。

「マティアス殿！」

「えっ……？」

兄の言葉に顔をあげると、ドアを開けたマティアスがその場に凍り付いたように立ち尽くしていた。

「マティアス様……」

名前を呼ぶと同時に強張った表情のマティアスが大股で近づいて来て、慌てたようにフランチェスカに向かって腕を伸ばす。

まるで迷子の子供をようやく見つけ再会できたような、そんな姿だった。

「あっ」

次の瞬間、フランチェスカの体はマティアスの胸の中にすっぽりと収まっていた。

＊＊＊＊＊＊＊＊＊＊＊＊＊

マティアスがヴェルベック邸に着いたのは、午前中のお茶の時間が終わる頃だった。

来客があるのか、豪華な馬車が停まっている。マティアスは貴族社会から距離を取っているので来客が誰かまではわからない。だがそのいっぺんの隙もない豪奢な馬車の様子から、相当身分の高い人物が訪れている気はする。

（馬車の中で待っていようか）

エントランスでそんなことを考えたところで、マティアスが到着したことを伝え聞いたのだろう。

フランチェスカの母である侯爵夫人のサーラが、ニコニコしながらマティアスを屋敷の中に迎え入れてくれた。

「フランチェスカの元気そうな姿を見せてくれてありがとう。あちらでずいぶん楽しく過ごしているみたいで、ほっとしているわ」

親しげにそう言われて、マティアスは恐縮するしかない。

「いえ、とんでもないことです」

「次はあなたも一緒に遊びに来てちょうだい。フランチェスカからあなたの話を聞くだけじゃなくて、直接お話を聞きたいわ」

サーラは本気でそう思っているようで、しきりに『夫婦一緒に』と繰り返していた。

「ですが私のような者が……」

「もうっ、謙遜なさらないで」

サーラは身を引こうとするマティアスの気配を敏感に感じ取って、グイグイと迫ってくる。

フランチェスカは家族にどんなふうにマティアスのことを話したのだろう。

妙に落ち着かない気分になった。

「ところでフランチェスカは？」

話を変えようと問いかけると、

「それが今、ジョエルと一緒にお客様の応対をしているのよ」

「お客様？」

「カール・グラフ・ケッペル侯爵よ。私の一番上の兄の息子で……あぁ、噂をすれば」

侯爵夫人の目線を追いかけると、長い廊下の向こうから眼鏡をかけた長身の男が近づいてくるのが見えた。

「カール、もうお帰りになるの？」

おっとりした侯爵夫人の問いかけに、カールと呼ばれたその男は苛立ったように顔を歪め、

「鞭が手元にあったら、兄妹とも殴りつけたところだ！」

と、吐き捨てるように言い放った。

「王家の血を引く誉れ高き侯爵家でありながら、兄妹揃ってあの態度……！　あなたたちが甘やかしてばかりだから、あのように生意気に育つのだ！」

「――」

突然の罵声に驚いたのか、それまでにこやかだった侯爵夫人の顔からすうっと色が抜ける。突然の罵声に、彼女の華奢な体がかすかに震え始めた。

それも当たり前だろう。男から頭ごなしに暴力的な態度を取られて、怯えない女性などいない。

（侯爵だかなんだか知らないが、碌な男じゃないな）

次の瞬間、マティアスは夫人の前に一歩足を踏み出して視界を遮るように立ち、男の肩をつかんでいた。

「なっ、なんだお前は、無礼な！」

いきなり肩をつかまれたカールは戸惑いながらその手を振り払おうとしたが、当然びくともしない。それどころかマティアスはつかんだ指に力を込めて、低い声で問いかける。

「無礼なのはそっちだ。侯爵夫人に謝罪してください。彼女の子供たちはあなたに非難されるような人物ではないはずです」

その言葉を聞いて、夫人が瞳を潤ませる。

「マティアス……」

「マティアス……？　お前っ……！　『荒野のケダモノ』か！」

カールは合点がいったと言わんばかりに背の高いマティアスをにらみつけ、もう一方の手でマティアスを指さす。

「フッ、八年前のお前の失態を僕は覚えているぞ！　侯爵令嬢と結婚したからといって、由緒正しきヴェルベック家の一員にでもなったつもりか！　ノコノコ顔を出して夫面か⁉　野良犬のお前にこそ鞭をお見舞いしてやろうか！」

どうやらこのカール・グラフ・ケッペル侯爵という男は、八年前の叙勲式にも顔を出していたらしい。マティアスは当時出席していた貴族の顔など誰ひとり覚えていないのでどうでもいいが。

（ゴミみたいな男だな……）

一応の礼節を保ったが、この男は先ほどからものすごく失礼な言葉しか吐いてこないので、マティアスは仮面を外すことにした。

単純に、無礼には無礼で返す、それだけである。

「俺を鞭打つ？　お前が？」

マティアスからこぼれ落ちた声は、恐ろしく低かった。

　そして肩をつかんでいた手を離し、即座に手首をつかんで上にあげる。いきなり腕を引っ張り上げられたカールは驚愕し、振りほどこうとジタバタと腕を動かしたが、マティアスは絶対に離さなかった。

「いいか⁉　なにを勘違いしているのか知らないが、野良犬が大人しく鞭打たれると思ったら大間違いだ！　俺は打たれる前にお前の喉を噛み切るし、お前が俺の妻と義兄を鞭打つというのなら、その前に俺がお前をぶん殴ってやる！　このこぶしでな！」

　マティアスの低く張りのある声が、屋敷のエントランスに響き渡る。

　カールがビクッと体を震わせた次の瞬間、マティアスはつかんでいた手を離して、そのまま優雅に自身の胸元に手をのせ深々と頭を下げる。

「失礼。最愛の妻の家族をいきなり罵倒され、頭に血が上りました。なにしろ野良犬ですので、しつけが行き届いておらず申し訳ありません」

「――ッ……」

　慇懃無礼なまでの謝罪を見て、カールは何度か口をパクパクさせた後、

「こっ、この無礼者めがっ！」

と吐き捨てるように言い放つと、むしゃくしゃしたのか侯爵家のドアを蹴り上げ、待っていた馬車に乗り込み屋敷を出て行った。

　馬車が敷地を完全に離れて、エントランスの緊張した空気が少しだけ緩む。

「――はぁ」

マティアスは大きなため息をつくと同時に、腰に両手を当てて目を伏せた。

（やっちまった……）

この場には侯爵家に仕えるメイドや使用人がいて、マティアスの野蛮な振る舞いを茫然とした様子で見ていた。せめてフランチェスカの身内の前では紳士的に振る舞いたかったが、後悔先に立たずである。

「侯爵夫人、申し訳――」

とりあえず謝ろうと、謝罪の言葉を口にしかけた次の瞬間、

「まぁっ、なんて素敵なの！」

サーラは瞳をキラキラと輝かせながら、声をあげた。

「はっ？」

「皆、今のご覧になって？　まるでお芝居を見ているようだったわ！　私、お姫様にでもなった気分よ～っ！」

サーラはメイドたちを見回して、はしゃいだように声をあげる。するとメイドたちもわ――っと一斉に集まってきて、マティアスたちを取り囲んだ。

「ですわですわ、スッキリしましたわ！」

「あたし、ケッペル侯爵って、前々から感じ悪いって思ってたんですっ！」

「同じ女王陛下の孫だというのに、ジョエル様のほうが国民に人気があるものだから、ずっと嫉妬してこそこそ意地悪していましたよねっ！」

「マティアス様に腕をつかまれて、お顔を真っ赤にしてプルプルしていたの、正直言って最高にすっきりしました！」

「ほんと、ザマァですわっ！」

彼女たちは次々にケッペル侯爵がいかに小さい人間かということを並べ立てた後、サーラをかばったマティアスを尊敬の眼差しで見つめ始めた。

「あぁいや……出過ぎた真似をしてしまって……」

思わぬ態度にじりじりと後ずさるが、メイドたちは「かっこよかったですっ」と瞳を輝かせつつ、その分グイグイと迫ってくる。

照れくさいが、彼らはマティアスが『荒野のケダモノ、野良犬』と呼ばれていることを知らないのだろうか。

そこでふと脳内にフランチェスカが浮かんだ。

(どうやら彼女の物おじしない態度は、ヴェルベック家の家風なのかもしれないな……)

そういえばあの男は、兄妹と話したと言っていた。いったいなんの話し合いが行われていたかはわからないが、ああも激高するような内容だったのだ。

まさか本当に暴力を振るわれていないだろうか。急に不安になった。

「その……失礼。フランチェスカの様子を見に行ってきます」

ぺこりと頭を下げてメイドの輪を抜けると、カールが来た廊下に向かって走り出していた。

＊＊＊＊＊＊＊＊＊＊＊＊＊＊＊＊＊

カールと入れ違いにやってきたマティアスに抱き寄せられ、彼の腕の中にすっぽりと収まったフランチェスカは、戸惑いながらもそのまま顔をあげる。

「フランチェスカ。大丈夫ですか？」

「はっ……はい。その……大丈夫です」

現金なものだが、マティアスが自分を心配してくれているとわかると本当に『もう大丈夫』という気になってきた。

（マティアス様は私の守護天使だわ）

そんなことを考えていると、マティアスは傷がついていないか確かめるように、フランチェスカの頬のあたりを指の背でそうっと撫でる。まるで猫にでもなったような気分だが、嬉しいのでそのままでいた。

「ジョエル、なにがあったの？」

そこに母――サーラが遅れて応接間に入ってくる。

「そうですね……。このことはマティアス殿にも話しておかないといけません。座りましょう」

ジョエルのその一言で、改めて母を含めた四人でテーブルを囲む。

そこからあらかたの話を聞き終えたところで、隣に座っていたマティアスがどこか渋い表情をしていることに気が付いた。

「マティアス様?」

いやな予感がして呼びかけると、彼は軽く息を吐いてフランチェスカの顔を見つめる。

「――本当にそれでいいのですか?」

「え?」

「先ほどの侯爵の態度はいったん横に置いておいて、王太子妃つきの女官として出仕するのは悪い話ではないでしょう。もう少し考えたほうがいいかと」

彼は至極まじめな顔をしていたが、なんのてらいもなくきっぱりと言い切るマティアスの言葉に、フランチェスカは茫然としてしまった。

ここまで丁寧に積み上げていた彼への思いが、ガラガラと音を立てて崩れ落ちるような、そんな気持ちになる。

「どうしてそんなことをおっしゃるんですか……?」

フランチェスカは震えながら尋ねていた。

「どうしてって……」

「いやですっ!」

フランチェスカは叫んでいた。それを見たマティアスが驚いたように目を見開いた。

そんな反応を想定していなかったと言わんばかりの表情だ。

(どうしてそんなお顔をするの……?)

フランチェスカは唇をぎゅっとかみしめる。

勝手ではあるが、女官を断ったことを、マティアスは喜んでくれるのではないかと思っていたのだ。

『シドニア花祭り』のために奔走するフランチェスカを、マティアスはいつも褒めてくれていた。

『俺もあなたみたいな人にはすこぶる弱くて……好きですよ』

そう言ってくれたのはマティアスなのに。フランチェスカはあの言葉だけで、千年も寿命が延びるような気がしたくらい嬉しかったというのに。

どうして今『もう少し考えたほうがいい』だなんて自分を切り捨てようとするのか、突き放そうとするのか意味がわからない。

（全部、嘘だったってこと……？）

胸の奥がひんやりと冷たくなって、ぶるっと体が震えた。

「——私が邪魔なんですか⁉」

突然のフランチェスカの冷静さを欠いた発言に、その場にいた全員が驚いたように目を見開いた。

しまったと思ったが、一度口にした言葉は取り消せない。

「フランチェスカ……？」

マティアスが驚いたように目を見開いたが、フランチェスカはさらに言葉を続ける。

「だって、そうでしょう⁉　女官になったらシドニアで暮らせないのに！　マティアス様のお手伝いだってできないのに……！　私なんかいないほうがいいってことじゃないですか！」

腹の奥からぐうっと込み上げてくる不安、不満、戸惑い。

そして自分なんか——というういじけた気持ちが、腹の底から汚泥のように溢れ出してくる。

マティアスに近づけたと思っていたのに、そうじゃなかった。

そう思うと辛くて、醜い感情を吐き出すことが止められなくなっていた。

「だったらそうはっきり言ってくださいっ！　本当は、侯爵の地位をかさに押しかけて来た私に、ずっと迷惑してるしうんざりしてるって……！　本当は今日、迎えに来るのもいやだったって！　連れて帰りたくなんかないって！　そうしたら私、女官だってやるわっ！」

「フランチェスカ！」

サーラが遮るように声をあげて、次の瞬間、パチンと頬が鳴った。

一瞬なにが起きたかわからなかった。びっくりして目をぱちくりさせると、サーラが右手をぎゅうっと握りしめたまま、ぷるぷると震えている。

どうやら頬を打たれたらしい。左の頬がぴりぴりと痺れていた。十八年間生きてきて、親にぶたれたのは生まれて初めてだった。

サーラは震え、戸惑いながらも、白い手でそうっとフランチェスカの手を取る。

「……どうして急にそんなことを言いだしたの？　感情に任せてそんなことを言ってはだめよ、フランチェスカ。旦那様に謝りなさい」

母も兄も本当の意味で、フランチェスカがマティアスの妻になっていないことを知らない。

だからフランチェスカの本当の焦りがわからないのだ。

「だって……だってっ……」

フランチェスカは唇を震わせながら、マティアスを見つめた。

マティアスは怒ってなどいない。

彼の美しい緑の瞳は、相変わらずキラキラと輝いていて、気遣うようにフランチェスカを見つめていた。

（ああ、私はずるいわ……）

うんざりしているのならそう言って――。

口ではそう言いながら、マティアスは絶対にそんなことを言わないだろうと頭ではわかっていた。

そう、マティアスは優しい。

わかっていて彼を困らせるようなことを口にしたのだ。要するに駄々をこねたのである。

なぜ自分はこうなのだろうと思うと、恥ずかしくて胸が締め付けられる。

（恥ずかしい）

みじめで苦しい。

うつむくと、フランチェスカの青い瞳から、ぽろりと涙がこぼれた。

一粒こぼれるともう抑えられなかった。まるで河川が決壊したかのように涙が後から後から、こぼれ落ちてくる。

「ごめんなさいっ……」

フランチェスカは消え入りそうな小さな声でそう言うと、いてもたってもいられず、応接間を飛び出したのだった。

五章「妻としての決意」

シドニア領に戻ったのは、深夜をだいぶ過ぎてからだった。

「お食事はどうなさいますか？」

迎えに出たダニエルの問いかけに、マティアスが口を開きかけたその瞬間、

「私は疲れたから先に休みますね。おやすみなさい」

フランチェスカはそう言って、迎えに出てきたアンナとともに、足早にその場を離れて自室へと向かった。

背中に目があるわけではないが、マティアスが自分を見ている気がして、今はその視線が煩わしい。アンナに手伝ってもらいつつ旅装から夜着に着替えたところで、メイドたちが温かい湯を運び入れてきた。

マティアスの指示だろう。夫の気遣いが弱った心にグサグサと刺さる。

それが顔に出ていたのか、

「面倒くさがらないでください。疲れている時こそ、きちんとしたケアが必要ですよ」

アンナはそう言って腕まくりすると、フランチェスカの手足をお湯でかたく絞った布で丁寧に拭

き始める。しばらくすると、ひんやりと冷たかった手足が痺れるように熱を帯びフランチェスカの気持ちもゆっくりとほぐれていった。

アンナの気遣いに感謝しつつ、

「私、ほんと自分がいやになるわ……」

と、口を開く。

「どうしたんですか急に。出発前はあんなにはしゃいでおられたじゃないですか」

アンナがゆったりした口調で問いかけた。

「そうね。私はたった数日でマティアス様のことを、もっと好きになったわ。だけどマティアス様は私に呆れたと思う」

フランチェスカは椅子に座ったまま、はぁとため息をつく。

そしてこの数日で起こった話を、つらつらとアンナに説明した。

話を聞き終えたアンナは「なるほど……自覚はおありだと思いますが、それはやはりお嬢様がよくなかったですねぇ」とズバリと言い切る。

「わかってるわよ……」

フランチェスカはがっくりと肩を落とした。

「帰りの汽車の中で、マティアス様に謝ったのよ。だけど『怒ってなんかいません』って優しく微笑まれて……私がただひたすら、いたたまれない気分になっただけ……はぁ……」

あの時の自分の振る舞いやふたりの間に流れていた微妙な空気を思い出すだけで、フランチェスカは『わ〰〰〰‼』と叫んでこのまま消えてしまいたくなる。

「自分の気持ちを自覚してからは、側にいられるだけでいいって思っていたはずなのに、気が付いたらマティアス様にも私を好きになってほしいって思い始めてて……。思っていた反応と違うからって、子供みたいに駄々をこねて……。はぁ〜……欲深い自分が心底いやになるわ……」

頭を抱えてため息をつくフランチェスカを見て、アンナはクスッと笑ってオイルマッサージを始める。

「誰かを好きになって、その相手にも自分を好きになってほしいと思うのは、自然なことじゃないですか？」

「――アンナもそんな気持ちになったことがあるの？」

アンナはフランチェスカが十歳の時にヴェルベック家に雇われ、それから八年の付き合いだ。だが恋人がいるというような話は聞いたことがない。

「ご存じでしょう。あたしの恋人はこれですよ」

アンナは親指と人差し指の先を合わせて、指で円をつくる。

「お金？」

「そうですよ。ふふっ……」

アンナはにんまりと笑う。

「そりゃあ、お屋敷に出入りしている業者の殿方から、時折お誘いは受けることはありましたよ。周囲に言われて、たまにデートとかしたりしてました。でも殿方といても楽しくないなーって思うんですよね。その時間働きたいって思っちゃう。あたしは男よりも圧倒的に欲しいものがあるんです」

アンナはきっぱりとそう言い切った。

恋愛だけが人生ではない。確かにそれはそうだ。フランチェスカだってそう思っていた。

マティアスに出会わなければ、夫になった人が彼でなければ、フランチェスカはきっと恋には落ちていなかっただろう。

そこでアンナはさらに言葉を続ける。

「でも、お嬢様が拗ねたくなる気分はわかりますよ。寂しかったんですよね？」

「……ええ」

フランチェスカはこくりとうなずいた。

「女官の件は……マティアス様にほんの少しでも『それは困る』って言ってほしかっただけよ」

はっきりそう断言すると、胸のつかえがとれる気がした。

そもそも王太子妃つきの女官という女性の誉れのような役職を、断るほうがどうかしているのだ。

それはわかる。

だがフランチェスカは、彼に必要とされたかった。あの人に『側にいてほしい』と言ってほしかった。その期待をあっさり裏切られて、勝手に拗ねてしまったのだ。

「寝る前に、もう一度謝りに行くわ。自己満足なのはわかってるけど……そうしたいの」

アンナに愚痴を聞いてもらったおかげで、モヤモヤが晴れたようだ。

「そうですね」

マッサージを終えたアンナは、タオルでフランチェスカのすらりと伸びた足を拭きながらうなずく。それから髪を念入りにブラッシングしてもらっているところで、ドアが軽くノックされた。

アンナが「はい」と言いながら立ち上がり、ドアを開ける。

「ま！　少々お待ちくださいませっ……」

そして慌ててフランチェスカのもとに戻ってくると、小さな声でささやいた。

「旦那様ですよっ！　当たって砕けない程度に頑張って……！」

「えっ⁉」

フランチェスカは目を丸くした。

（マティアス様がお部屋に来てくださったってこと⁉）

砕けない程度に頑張れというのはどういうことだ。そう簡単に言わないでほしい。

戸惑うフランチェスカをよそにアンナは床に置いていた盥（たらい）やオイルをサッと手に取ると、グッと親指を立ててウインクしてから、

「奥様、おやすみなさいませ」

と言って、足早に部屋を出て行った。

マティアスのほうから夜寝る前に部屋に来てくれるなんて、初めてのことだ。

（どうしたのかしら……）

フランチェスカは慌てて室内履きに足を入れて、ドアへと向かった。

ドアから少し離れたところに立っていたマティアスはまだ外出着のままで、どこか落ち着かない様子で体の前で腕を組み、手のひらで上着の左胸のあたりを押さえている。

「マティアス様……どうぞ部屋の中に入ってください」

夫なのだから妻の部屋に入るのに許可はいらないのだが、一応『白い結婚』だから遠慮しているのだろう。彼らしいことだと思いながらマティアスを部屋の中へと招き入れる。

「夜分にすみません」

マティアスは低い声でそう言って、それから立ち尽くしたままのフランチェスカに手を伸ばした。大きな手がフランチェスカの手をそうっと取り、そのまま握りしめる。

「まっ、マティアス様?」

いきなり手を握られて、カーッと頬が熱くなる。

いったいどういうことかと彼を見上げると、

「あれから考えていました」

マティアスの低音の声は、どこか熱を帯びてかすれていた。

「な……なにをですか?」

もしかしたら本格的に愛想をつかされたのではないか。フランチェスカはかすかに震え、怯えながら問いかけた。

「帰りの列車の中で『感情に任せた発言でした。ごめんなさい』とあなたが謝ってくれたことです」

「っ……」

改めて己の不甲斐なさと未熟さが思い出されて、頬が赤くなる。恥ずかしくなってうつむくと、マティアスはさらに言葉を続けた。

「俺は『怒っていない』と伝えたけれど、それだけでは足りなかったと思って……それでここに来たんです」

「え……？」

不安のまま顔をあげると、こちらを優しく見おろすマティアスと視線がぶつかった。

「あなたが本気でシドニアにいたいと思ってくれていること……嬉しかったと伝えていなかった」

マティアスはそうっと右手を持ち上げ、フランチェスカの頬に手のひらをのせた。

「ありがとう、フランチェスカ。俺の妻でいたいと思ってくれて……嬉しい」

マティアスの緑の目が甘く輝き始める。彼の指がそうっと頬を撫でてそこから全身に淡い痺れが走った。腰に回ったマティアスの手が、ゆっくりとフランチェスカを引き寄せる。

（嬉しかったって……本当に？）

フランチェスカはマティアスの胸に両手を置き、自分の体を支えながら顔をあげる。

長身のマティアスが身を折るようにして、顔を近づける。端整な顔を傾け、覆いかぶさるマティアスの気配に息が止まりそうになる。

「あ……」

フランチェスカが軽く目を閉じると同時に、唇に熱いものが触れた。

ほんの一瞬の、意識しないとすぐに消えてしまいそうな感触だったけれど。

それは間違いなく、唇へのキスだった。

「――」

それからマティアスは無言で、フランチェスカの体に両腕を巻き付ける。そのままぎゅうっと抱きしめられて、踵が持ち上がった。その瞬間、全身が信じられないくらいの多幸感で包まれて眩暈がした。

「フランチェスカ」

彼に名前を呼ばれるだけで、胸が弾む。足元がふわふわして、まるで雲の上に立っているような心地だ。

瞼の裏では金色の光がチカチカと瞬いていた。

頬が熱い。耳の後ろでドクドクと血が流れる音が響く。このままだと心臓が破裂してしまうかもしれない。そんなことを思いながら、フランチェスカは激しい陶酔の中、胸をときめかせる。

(好き……マティアス様、大好き……)

それにしてもマティアスからキスしてくれるなんて、これはいったいどういうことだろう。

「あの、マ、マティアス様……」

これは千載一遇のチャンスなのかもしれない。

もしかしたら本当に妻にしてもらえるかもしれない。

フランチェスカは震えながらも、勇気を振り絞りマティアスの背中に腕を回そうとしたのだが――。

軽やかに両肩をつかまれ、体が引きはがされてしまった。

少し唐突に感じたフランチェスカが目を丸くした次の瞬間、

「おやすみ、フランチェスカ」

マティアスは少し早口でそう言って、くるりと踵を返しそのまま部屋を出て行く。

彼が今どんな顔をしているか見たかったのに、確認する暇もなかった。

「お……おやすみなさい」

マティアスの背中を見送ったフランチェスカは、茫然としつつも唇に指をのせる。

そこにはまだ確実にキスの感触が残っている。

(これって、おやすみのキス……なのかしら。それとも……)

頬がぴりぴりする。鏡でわざわざ確認しなくてもわかる。きっとフランチェスカの顔は、野苺(のいちご)のように真っ赤に染まっているはずだ。

「はぁ……」

緊張で冷たくなった両手をぎゅっと握りしめ、それから自分の頬を挟み込む。ひんやりした感触は気持ちよかったが、胸の真ん中でごうごうと燃えるマティアスへの思いは大きくなる一方で、我ながら少し怖くなる。

(マティアス様……もしかしたら少しずつ、私のことを受け入れてくださっているのかも)

彼が押しかけ妻の自分に対して慎重な判断をしているのは、最初からわかっていた。

グイグイと距離を縮めようと近づくと後ずさるのに、必死に手を伸ばすとその手は振り払わない。

仕方ないな、という顔でフランチェスカを受け止めてくれる。彼の行動や言葉に振り回されながらも、もしかして、と期待せずにはいられない。

焦れったいことこの上ないが、やはりフランチェスカはマティアスを諦めようとは思えなかった。

まだ、彼のことを好きでいてもいいのだろうか。

マティアスはフランチェスカを迷惑には思っていない、シドニアにいてもいいと思ってくれている——そう信じても許されるのだろうか。

夫に恋をしているフランチェスカは、どうやったって甘い期待をしてしまうのである。

「早く私に、手を出してくだされればいいのに……」

とても人様に聞かせられない言葉を口にしつつ、ふうっと大きく深呼吸して、足を一歩引いたところで、なにか硬いものを蹴った感触があった。

「ん？」

なんだろうと足元に目を向けると、小さな人形が落ちていた。しゃがみ込んでそれを拾い上げる。

「……ねこ？」

それは手のひらにちょこんとのるサイズの小さな白猫の人形だった。しかも人間の女の子のように可愛い洋服を着ているではないか。

「まぁ、可愛い！」

フランチェスカはぱっと顔を明るくしたが、なぜ部屋にこれが落ちているのかわからない。

「誰かが落としたのかしら……？」

部屋はメイドたちが掃除をしたりお茶を運んだりと出入りが多い。既婚者もいるので、誰かの子供のものかもしれない。

明日にでもアンナに尋ねてみよう。

そう思いながら、手の中の愛らしい白猫の人形を見つめたのだった。


翌朝、アンナに人形を渡して落とし主を探してもらったが、結局誰のものでもないということで白猫の人形はフランチェスカの手元に戻ってきてしまった。

「これ、ポポルファミリーシリーズと言って、王都では人気の玩具なんですよ。猫とかウサギとかクマとか、動物がモチーフになっていて、専用の家まであるんです」

「へぇ……そうだったの」

フランチェスカは紅茶を飲みながら、テーブルの上に置いた人形をじいっと見つめた後、指先で猫の頭を撫でる。

「じゃあ持ち主が見つかるまで、私が預かるわ」

こんなことを言うと叱られてしまうかもしれないが、ちょっとだけ自分に似ているような気がして、なんだか妙に気になるのだ。

「そうですね。そこそこいいお値段しますしね。あたしももう少し探してみます」

アンナはそう言って部屋を出て行った。

(シドニアでは売ってないのかしら……?)

王都で人気というだけあって、玩具としてもかなり出来がいい。

気になったポポルファミリーは、お茶のお代わりを持ってきてくれたダニエルに尋ねることにした。

「ポポルファミリーは王都のみの専売ですね。販路を絞ることで付加価値を上げているんです」

ダニエルは人形をかえすがえす眺めた後、フランチェスカの手に戻す。

「そうなんですか」

どうやら購入場所から持ち主を探すのは難しそうだ。白猫の人形を受け取り、テーブルの上にのせた。

(可愛いな……。この子はとっても大事にされている気がする。持ち主は探してるんじゃないかな)

頬杖をついてじいっと見つめていると、ダニエルが書類の束を差し出した。

「こちら先日王都で用立てた分の請求書が届きました。念のためご確認を」

「ありがとうございます」

差し出された書類を受け取り内容を確認する。ペラペラと請求書をめくっていると、内容に覚えのない一枚を発見した。明細には『裁縫道具一式とドレス生地』とある。

(なんだろう、これ……)

まったくもって注文した覚えがない。

請求書を見て黙り込んだフランチェスカの態度を不思議に思ったのか、ダニエルが軽く首をかしげて手元を覗き込んでくる。

「あぁ……これはどうも個人的な請求書が混じっていたようですね。失礼しました」

ダニエルは丁寧にそう言い、フランチェスカの手元から請求書を抜き取り、やんわりと微笑む。

「そうだったのね」

フランチェスカはうなずき、ダニエルを見送ったのだが——。

（なんだか、変な感じがするわ）

胸の奥がザワザワする。女の勘とでもいうのだろうか。フランチェスカの心の奥のなにかが、見逃せないと告げていた。

先ほどのダニエルは『個人的な請求書』と言い切ったが、請求書はすべて数日前に行った王都の仕立て屋からのものだった。フランチェスカに覚えがないのだから、だとすると一緒にいたマティアスが別に頼んだものと考えるのが普通だ。

そしてテーブルの上のポポルファミリーを手に取る。

「これも……？」

そもそもマティアスが立ち去った後に足元に落ちていたのだから、彼が落としたと考えるのが自然ではないか。

王都で女児に人気のポポルファミリー。

そして裁縫道具とドレス生地。

無関係だと思っていたそのふたつが絡み合い、たったひとつの結論に向かって、心臓がバクバクと鼓動を打ち始める。

「まさか……」

ぽつりとつぶやいたところで、

「お嬢様、クッキーを焼いてきましたよ。おやつにいたしましょう」

そこにダニエルと入れ違いにアンナが姿を現し、のんきに声をかけてきて。硬直しているフランチェスカを発見し、目をまん丸にして慌てて駆け寄ってきた。

「どうしたんですかっ、お顔が真っ青ですよ！」

「アンナ。私、ど、どうしよう……」

背中をさするアンナの顔を見た途端、感情をせき止めていたなにかが、決壊してしまった。

フランチェスカの瞳からぽろぽろと涙がこぼれる。

「マッ、マッ、マティアス様には、愛人どころかお子様がいるかもしれないっ……！」

「えっ、えええええ⁉」

「どうしようっ……わた、私っ……うっ、ううっ……うえぇぇん……」

両手で顔を覆い、子供のように泣き出してしまったのだった。


アンナは堰を切ったように泣き出したフランチェスカが、とぎれとぎれに説明する言葉を聞きながら、なんとか意味をくみ取ったようだ。

「なるほど……。お嬢様が知らない請求書と、旦那様が落としていったポポルファミリー人形から、旦那様には秘密の愛人と子供がいらっしゃるのでは、と思ったわけですね？」

「ヒック、グスッ、そ、そうよっ……だって、そうとしか考えられないじゃないっ……」

目の前に立つアンナのエプロンで涙をぬぐいながら、フランチェスカはこくこくとうなずく。

「お裁縫道具とドレス生地は、きっとその人のためよ。ポポルファミリーだってお子様にあげるために用意されたに決まってるわ……！」

べそべそと泣くフランチェスカだが、アンナは怪訝そうに眉をひそめた。

「うーん……そうなんですかねぇ……？　ちょっとピンとこないんですけど」

「じゃあほかに裁縫道具と人形の組み合わせで、考えられることはあるっていうの？」

どう考えても、愛人と子供へのプレゼントにほかならないではないか。

「まぁ、そう言われるとすぐには出てきませんけど。おっしゃる通り、裁縫道具っていうのが個人的な感じはしますよね……」

彼女の言葉にフランチェスカは「ほらご覧なさい」と唇を尖らせるが、アンナも負けずに言い返してきた。

「いや、そうは言っても、そもそも作家のお嬢様は、かなりたくましい想像力をお持ちですからね。素人のあたしにはそんなすぐ思いつきませんよ」

そしてアンナは、ようやく泣き止んだフランチェスカの正面にさっと腰を下ろし、ネズミを狙う猫のように身を低くして、ささやいた。

「ここはもう、本当のことを確かめるしかないいんじゃないんですか？」

「どうやって？」

「ダニエルさんに聞くとか」

「マティアス様には秘密にしている愛人と子供がいるかって？　マティアス様が隠しておられることを、彼が正直に話してくれるわけないじゃない」

確かにダニエルはフランチェスカに友好的だが、それはあくまでもマティアスの配偶者だからよくしてくれるだけだ。

彼の主人はマティアスただひとり。マティアスの不利益になることをするはずがないのである。

フランチェスカはまつ毛の端に残った涙を指でぬぐうと、ゆっくりと息を吐く。

「……自分で調べるしかないわね」

「出た、お嬢様の突飛もない行動力！」

アンナが眉を八の字にしてうんざりした顔になった。毎度付き合わされるアンナには申し訳ないが、そこはもうフランチェスカについてきた以上避けられないことだと諦めてもらうしかない。

「もちろん、今は『シドニア花祭り』を何よりも優先しなければいけないけど……」

「そうですか……はぁ」

アンナはため息をつきつつも「それでお嬢様の気分が楽になるなら、そうしましょう。私も手伝いますよ」と同意してくれた。

さすがフランチェスカの扱い方がわかっている、腹心の侍女である。

「それでもし万が一、本当に愛人と御子がいらっしゃったら、どうするおつもりなんですか？」

フランチェスカの脳内に、美しい女性が裁縫をする側で小さな女の子が人形で遊び、マティアスがそれを見守っている場面が、当たり前のように浮かんで胸が締め付けられる。

気を緩めたらまた涙が出そうになったが、なんとか必死に唇を引き結び嗚咽をこらえた。

「――わから、ない、わ……」

「正妻なら、愛人を領地の外に追いやることもできますよ」

「そんなことしたら、マティアス様に嫌われてしまうじゃない」

たとえ報われない片思いでも、嫌われたくない。好きでいさせてほしい。

フランチェスカは首を振って涙をぬぐい、それから顔をあげて窓の外を見つめた。

風に混じってちらちらと雪が降っている。

先日訪れた王都には春の兆しがあったが、シドニアはまだ冬がちらついている。

(いっそものすごい大雪でも降ってくれたら、マティアス様をお屋敷に閉じ込められるのに)

我ながら恐ろしいことを考えると思ったが、燃え上がる恋心の前には、そう願わずにはいられないのだった。

＊＊＊＊＊＊＊＊＊＊＊＊＊＊＊

「久しぶりにここに来たな……」

マティアスは感慨深く、部屋の中を見回す。

シドニア中心街から外れた場所にあるこの集合住宅は、かつてマティアスが激務の中、公舎から屋敷に戻るのが面倒だった時代に借りたものだ。最上階をワンフロア借り切っているので、人目を気にすることもない。窓際には簡素なベッドがあるだけだが、左右の壁には本来であればグラス等を飾るためのガラスキャビネットが並べてある。

だがその中に所狭しと飾られているのは、マティアスがこの八年で地道に集めたポポルファミリーシリーズだ。

ネコやウサギ、クマやリスという動物たちが、可愛い服を着せられてずらりと並んでいる。

「――」

久しぶりに見た光景だが、胸の奥がぐうっと締め付けられて、全身がぶるっと震えてしまった。

「ああっ、いったいどこに落としたんだ、俺のフランチェスカッ！」

マティアスは抑え込んでいたフラストレーションを開放するかの如く勢いで、頭を抱え叫んでいた。

そう、マティアスは最近フランチェスカに似ている白猫ちゃん人形をお守りのように胸ポケットに入れていたのだが、どこかで紛失してしまったのだ。失（な）くしたことに気づいてからの数日、思い当たる場所をこっそり探したのだが、結局見つからないままだった。

「はぁ～……」

新しいものを買えばいいというものではないし、そもそも非常に気に入っている人形だったので、ダメージが大きい。持ち歩けばこういうリスクもあるとわかっていたが、やはり気分は落ち込んでしまう。

マティアスはワインとグラスを手にソファに腰を下ろすと、雑にワインを注いで一気に煽（あお）る。そしてぼーっとする頭で、テーブルの上に置きっぱなしの裁縫道具と布の山を見つめた。

「新しい服を、作ってやりたいと思ったのにな……」

つい先日、八年ぶりに王都に行ったマティアスは、仕立て屋に人形の洋服を作るためのあれこれを注文した。

人形の服を作ることに関しては、まったくの素人だが、針仕事は物心ついた時からずっとやっていた。戦争孤児で身寄りもなく、食うために十五で軍隊に入った。服だって靴だって、なんでも自分で修理して大事に使っていたので、やれるという自信があったのだ。

ちなみに常々、白猫ちゃん人形にはアクアマリンのような色が似合うのでは？　と考えていたマティアスは、ないならいっそ作ろうと思い立った。王都で彼女の目を盗んでこっそりと裁縫道具とドレス生地を注文したのだが、肝心の白猫ちゃん人形がいない今は、そのやる気も駄々下がりである。

どこかでゴミのように扱われていたらどうしよう。

せめて人形を可愛がってくれる人の手元にあればいいが――。

そんなことを考えて、ぐるぐると思考を巡らせていると、どんどん気分が落ち込んでいく。

「――俺はなにをやっているんだ……」

マティアスは茫然とした表情でぽつりとつぶやいた。

白猫ちゃん人形にフランチェスカを重ねているくせに、肝心のフランチェスカへの気持ちからは目を逸らしている。

これでも一応、愚かなことをしているという自覚はある。

（ああ、そうだ。俺は……フランチェスカを愛しいと思い始めている……）

王都に行くのだって、信頼できるルイスあたりを護衛に付ければいいだけの話だった。それでも自らついていくと告げた。彼女と一緒にいたいという気持ちを抑えられなかったからだ。

そのくせ、王都でフランチェスカから王太子妃つきの女官を辞退したと聞いた時、発作的に『もう少し考えたほうがいい』と告げてしまった。

フランチェスカを愛おしいと思う気持ちは日々大きく膨れ上がっていくのに、これ以上愛するのが怖くなった。

王太子妃つきの女官になれば、物理的な距離ができるので自分も少しは冷静になれるのではと思ったのだが、その時のフランチェスカの反応は思っていたよりもずっと激烈で、マティアスはショックを受けた。

（フランチェスカは、本気で俺の側にいたいと思ってくれている……）

帰りの汽車の中で、うっすらと涙を浮かべて『ごめんなさい』と謝ってくれたフランチェスカを思うと、胸が締め付けられる。

だが同時に、その顔を見た時、信じられないくらい嬉しくなってしまった。気持ちが抑えきれず、屋敷に戻った後、彼女の部屋に押しかけ口づけていた。

また、おやすみのキスのようなふりをして――。

震えながらもうっとりとキスを受けるフランチェスカに、マティアスの心は恋を初めて知った少年のように震えた。

誤魔化しようがないくらいに、マティアスはフランチェスカを愛しく思っている。

すぐに自分の気持ちを正直に打ち明けるべきだったのに、マティアスはその一線を越えなかった。

我ながらゾッとするほどズルいやり方だ。

フランチェスカはなにも悪くない。本当に悪いのは、心の底から人を信じられない自分なのだから。

ルイス含めた部下たちや、ダニエルたちのことは信用している。だがそれは彼らにマティアス以外にもっと大事なものがあるから、いざとなればあっさり縁が切れることに安心して信用しているのだ。

一方フランチェスカは『白い結婚』とは言え、結婚証明書にサインをして、家族になった女性だ。

いっそ自分の思うがまま、彼女を愛せたら――そう思うが、誰かを愛することは、己をさらけ出すということで。

常に死と隣り合わせで生きてきたマティアスには、自分の弱点を見せることなど、まさに死に等しい耐えられない所業だった。

マティアスはグラスを口元に運びながら、ぎゅっと眉根を寄せる。

「いっそ……全部捨てるか？」

部屋を埋め尽くす可愛らしい人形たち。

誰にも頼れなかった自分を陰ながら癒してくれたこの子たちを捨てて、なかったことにしたら

——。フランチェスカとの関係も変わるだろうか。

次の瞬間、そんな自分の独善に吐き気が込み上げた。

自分の心を癒してくれた人形たちを捨てるなんてあり得ない。

「俺はだめな男だな……」

正直言って、こんなことに気づきたくなかった。

目を伏せると、暗闇が世界を覆う。

マティアスの誰に聞かせるでもないつぶやきは、静寂の中に溶けていった。


それからどれほど時間が経ったのか——。

マティアスは激しいノックの音で目を覚ました。どうやら寝入ってしまっていたらしい。カーテンの向こうが暗いのはわかるが、正確な時間はわからない。

「……うるせぇ」

ソファで寝ていたマティアスは、よろりと起き上がりながらドアへと向かう。

「誰だ……」

かすれた声でドア越しに尋ねると、

「私です。ダニエルです」

と、はきはきした声が返ってきた。

「ダニエル？」

その瞬間、全身からサーッと血の気が引く。この部屋のことは誰にも知られていなかったはずだ。

「なぜここに？」

「調べましたので」

当たり前の返事で、膝から力が抜けそうになった。

マティアスはドアノブに手をかけたまま立ち尽くしていたが、しぶしぶ薄くドアを開けて外を覗き込む。

ドアの隙間からこちらを覗く、気難しそうな眼鏡顔は間違いなくダニエルのものだった。

「入れてください」

「いやだ」

グイグイと押されたが、そもそも力でマティアスが負けるはずがない。

それ以上の力で押し返す。

「なんの用だ。そこで言えっ」

「立ち話もなんですから、部屋の中に入れていただきたいです」

「その必要はない！」

そうやってしばらくの間、諦めないダニエルと押し問答していたのだが、ほんの少しドアが押された次の瞬間、隙間にダニエルの鏡のように美しく磨かれた靴が差し込まれる。まるで取り立てだ。

「どうしてそこまでやるんだよ……」

マティアスは半分呆れつつ、ため息をついた。

部屋の中にはポポルファミリーのコレクションが所狭しと飾られている。いくら家令であっても、見せるわけにはいかないのだ。

「旦那様、私を信じてください。たとえあなたがあの可愛らしい奥様を裏切っていたとしても……まぁ正直ものすごく腹は立ちますが、私はあなたの味方でいたいと思っています」

ドアの向こうから聞こえるダニエルの発言に、

「――は？」

さて、どうやって帰宅願おうかと思っていたマティアスは耳を疑った。

「俺が、なんだって？」

「私はあなたの味方だと申し上げたのです」

「その前だ！」

思わず大きな声が出てしまった。

「だから、フランチェスカ様を裏切っていたとしても、です」

顔を見なくてもわかる。ダニエルは真面目くさった顔で、なおかつ本気でそう口にしている。

「ちょっと待て」

マティアスは押さえていたドアを少しだけ引いて、ダニエルに顔を近づけた。

「俺はフランチェスカを裏切ってなどいないが？」

他人ときちんとした関係を築けない男だという自覚はあるが『白い結婚』でも『結婚』には違いない。フランチェスカを傷つけるようなことはしないと心に決めている。

ダニエルが側にいたのは六、七年程度だが、誰よりも近くにいたのだからマティアスの女性関係など知っているはずだった。

するとダニエルはあからさまにムッとして、胸元から一枚の紙を取り出しドアの隙間から見せつけるように広げる。

「ではこの請求書はなんですか？」

「ん？」

顔を近づけると、請求書には『裁縫道具一式とドレス生地』と記載がある。王都で購入した時のものだ。

「あ……いや、それは」

喉がひゅっと音を立てて締まる。その態度を見てダニエルは確信したらしい。

「この部屋に女性を囲われているんでしょう。だったら家令の私に早い段階で教えていただきたかったです。そうしたらもう少しきちんと根回しいたしましたのに」

深々とため息をつき、それから眼鏡をくいっと中指で押し上げる。

「――開けてください」

そこでようやくマティアスは自分がどう誤解をされているか、すべてを理解した。

「待ってくれ、ダニエル、それは違う。それは俺が使うために購入したものだ」

強く押し返していたドアから体を離した。

「は？」

一生バレずに墓場まで持っていくつもりだったが仕方ない。

「わかった、部屋に入れ。笑ったら殴る」

マティアスは大きく深呼吸して、ドアを開け放った。

それからのダニエルの理解は早かった。部屋の中をぐるりと見回した後、人が住んでいる気配がまるでないことも察知し、即座にここが昔からのマティアスの趣味の部屋であることに納得したようだ。

「なるほど……」

「――笑わないのか」

「まぁ驚きはしましたけど、罪を犯したわけでなし。ただの趣味ではないですか。長く戦場に出ておられる軍人は心を壊しやすい。人としてバランスをとるために、愛らしい人形を眺めて心を休めるのは、理にかなっていると思いますよ」

ダニエルはさらっとした表情で眼鏡を押し上げつつ、マティアスを見て肩をすくめた。実に彼らしい返事だが、軽蔑されないとわかった時点でかなりほっとした。

「むしろ私がこれを見て笑ったり、馬鹿にしたりする側の人間だと思われていたことのほうが、よっぽどショックです」

「うっ……」

そう言われるとマティアスも辛い。

「すまなかった。お前を見くびっていたわけではないんだ」

咄嗟に胸のあたりを手のひらで押さえると、ダニエルはふふっと笑って、首を振った。

「冗談ですよ。なにもすべてを明らかにすることが信頼の証、というわけではありませんからね。言いたくないことは言わなくてもいいんです。ただ……隠していることで誤解を招くようなこともあるので、その点は気を付けていただきたいとは思いましたが」

ダニエルはそう言って、ガラスのキャビネットの前に立ち中を見おろした。

「そういえば、フランチェスカ様のお部屋に人形を落とされませんでしたか？」

「はっ⁉」

まさかの発言にどういうことだと詳しく聞いてみれば、どうやら失くしたと思った白猫ちゃん人形はフランチェスカの部屋に落としていたらしい。

「マジかよ……」

頭を抱えてうなだれるマティアスを見て、ダニエルが、

「この機会に正直にお話しになってはいかがですか？」

と当たり前のように告げる。

「それはいやだ。軽蔑されるに決まっている」

「そんな格好をおつけにならなくてもいいのでは」

「つけるに決まっているだろう！」

思わず本気で言い返していた。

するとダニエルが、やっぱりという顔で、

「奥様のこと、お好きになってしまわれたんですね」

と眼鏡の奥の目を細める。

「っ……」

好きだと指摘されて、マティアスは唇を引き結んだ。

否定するための言葉を探し、結局諦める。

「……そうだな。彼女に、みっともないところを見せたくないんだ」

「みっともなくはないですし、素直になったほうが楽だとは思いますが、同じ男として旦那様の気持ちはわかります」

ダニエルは軽く肩をすくめ、それからこほんと喉を鳴らして声を潜めた。

「でもまぁとりあえず、その気になってくださったのなら、奥様とは本当の夫婦になっていただかないと」

「――は？」

本当の夫婦という発言に顔をあげると、ダニエルはニヤッと悪そうに微笑んだ。

「隠せていると思っているのは、旦那様と奥様だけです。おふたりの間になにもないことは皆うっすらと気づいていますよ」

マティアスは言葉を失ったが、よくよく考えてみればマティアスは相変わらず仕事ひとすじで屋敷はあけがちだし、フランチェスカは『シドニア花祭り』の準備で忙しくしている。夜だってほぼ朝までふたりで過ごした様子もないので、普段ふたりの世話をしている使用人には、気づかれるのは当然だろう。

それでも何も言わずに黙っていてくれたのは、彼らの気遣いに違いない。

マティアスは唇を震わせながら、うめくようにつぶやく。

「――彼女のためになると思ったんだ」

そう、恐ろしいことに自分は『正しいこと』をしているつもりだったのである。

「なるほど。フランチェスカ様の『自分を認めていただきたい』という焦りは、要するに旦那様のせいというわけですね」

「グッ……」

ダニエルの言うことはすべて正しく、マティアスはなにひとつ言い返せそうになかった。

「マティアス様らしい優しさですが……本当はどうするべきか、おわかりですね」

ダニエルは眼鏡をクイッと押し上げ、表情を引き締める。

「――ああ、そうだな」

マティアスははっきりとうなずいた。

身分が違いすぎるとか、生まれ育った環境が違うだとか、己と一緒になっては彼女がかわいそうだとか、なんだかんだと理由をつけて逃げ回っていたが、もうやめだ。

「彼女に……自分の思いを告げよう」

マティアスの返答を聞いたダニエルは、ふっと満足げに眼鏡の奥の目を和らげて、微笑んだのだった。

＊＊＊＊＊＊＊＊＊＊＊＊＊＊＊

一方、マティアスが無断で外泊した翌日の午後。

「旦那様は昨日、公舎をいつもより早めに出られて、町の外れにある別宅に向かわれたそうです」

アンナの報告を聞いても、フランチェスカの心はひどく落ち着いていた。

疑いが確信に変わり、ある意味安心したのかもしれない。

ああ、やっぱりそうなんだ、という納得が先に来た。

悲しみは後からじわじわと押し寄せてくるのだろう。今は感覚がマヒしているだけだというのもなんとなくわかった。

「マティアス様の別宅をどうやって調べたの？」

「辻馬車に片っ端から行き先を聞いたんですよ。『旦那様の落とし物を探している』とかなんとか言えば、皆協力してくれました。あとそのあたりで商売をしている人たちに聞き込みをして、マティアス様が五、六年前から集合住宅の最上階を借り上げていて、時折姿を見せるというのも確認しました」

「そう……」

「誰かと住んでいるかどうかまではわかりませんでしたが、管理人から最近、王都からの荷物が届いたことだけはなんとか聞き出しました」

（あの請求書ね）

裁縫道具とドレス生地を、別宅に運び入れたということになる。

「お嬢様」

アンナが表情を強張らせているフランチェスカを見て、心配そうに口を開いたが、

「ありがとう。今日はもう休むわ」

「……わかりました」

アンナは一瞬なにか言いたげに口を開いたが、結局うなずいて部屋を出て行った。

フランチェスカはアンナを微笑みつつ見送った後、そのままごろんとソファに横になる。

お行儀が悪いのは百も承知だが、もう指一本動かしたくない。

「これはもう、決定的ね……」

昨晩、マティアスは帰ってこなかった。

無断外泊は結婚して初めてである。早く帰れたらお芝居の練習をしようということになっていたので待っていたが、彼は帰宅しなかった。

『お仕事に熱が入っているのかもしれませんね。今日はおやすみください』

とダニエルに言われてフランチェスカはうなずいたのだが、この時点でフランチェスカは、なんとなくいやな予感がしていたのだ。

「マティアス様には、やっぱり本当にお心を許せる、大事な方がいらっしゃるんだわ……」

頭がぼうっとして、自分の声が遠くから聞こえた気がした。

（どうしてその方と結婚しないのかも……平民だとなれば、当然だわ）

貴族の男は平民を妻にはできない。だが妻となるべき人をいったん貴族の養子にするという抜け道がある。これは商家出身の妻をもつ貴族は、皆当たり前にやっていることだった。

だがマティアスは元平民で王都の貴族たちからも距離をとっている。愛した女性を貴族の養子にすることが難しかったのではないだろうか。

そんな折、自分が押しかけるようにシドニア領にやってきた。戸惑って当然だ。

そしてふたりの距離が近づくたび、マティアスがどこか困ったように、フランチェスカをすんでのところで突き放してしまうのも、平民の愛人と子を裏切れないと思うからではないか。

そう思うと、なにもかもが綺麗に繋がってくる。

「あ……」

フランチェスカは両手で口元を覆い、悲鳴をのみ込んだ。

初めてシドニア領に向かう馬車の中で、

『マティアス様に愛人がいらっしゃったとしても、領主の妻として受け入れるわ。決していらぬ悋気なんて起こさないことを神に誓います』

と断言したフランチェスカに、

『そんなこと言って、もしお嬢様が恋をしたらどうするんですか？』

アンナが呆れたように苦笑したことを、昨日のことのように思い出す。

フランチェスカの大きな青い瞳から、ポロポロと涙がこぼれる。

頬を伝う熱い涙の感触が、なぜか夢の中のようで、現実として受け入れられそうになかった。

「……私、馬鹿ね」

誓います——なんて、軽々しく口にした己の浅はかさが、刃のようにグサグサと心の柔らかい場所に刺さる。

「本当に……ばかっ……」

恋をするはずなんかないと思っていたのに、マティアスに出会って恋をした。

どんどん好きになって、振り向いてもらいたくて、必死になっていた。

頑張ればいつか報われる日が来ると思っていた。

だがそもそもマティアスほどの男がひとりなわけがないのだ。

『荒野のケダモノ』と不本意に貶められた彼の心を癒し、今でも支えている存在がいる。

あの人に愛されて、子供まで産んだ人がいる。

そのことを想像すると、胸が切り裂かれて血が吹き出るような思いがした。

「っ……」

浅い呼吸を繰り返しながら、フランチェスカは跳ねるように起き上がると、書き物机の上に置いたままだったポポルファミリー人形をつかみ、その手を振り上げるが——。

結局、小さな人形を床に叩きつける気になれず、そのまま机の上にそっと戻した。

愛らしい人形に罪はないし、そんなことをしても自分を貶めるだけだ。

フランチェスカは震えながら、つま先を見おろした。

正妻には愛人を領地の外に追い出す権利もあるが、そんなことをしてもマティアスに恨まれるだけである。

（マティアス様を困らせたくない……）

この期に及んで、フランチェスカはまだマティアスに嫌われたくなかった。だがこうなった以上、自分の気持ちはマティアスにはぶつけられない。

彼に望まぬ結婚を強いたのは、自分なのだから。


その日の夜、寝る前に身支度を整えているとドアがノックされた。アンナが応対に出ると、なんと仕事帰りのマティアスだった。

「旦那様。どうしたんですか？」

アンナの声にフランチェスカも驚いたように椅子から立ち上がった。

彼に愛する人がいると知ったのは数時間前だ。なんとか平静を保ちつつドアへと向かう。

「フランチェスカ……その……」

ドア付近に立ったマティアスは少し困ったように首の後ろをがしがしとかき回した後、どこか決意したようにフランチェスカの手を取り、その場にひざまずいて手の甲に唇を寄せた。

「昨日は約束を守れなくてすみませんでした」

結局、マティアスは昨日から帰ってこなかったのだが、どうやら昨晩のことをわざわざ謝罪しに来てくれたらしい。

「い……いえ。早く帰れたらということでしたから、気にしないでください」

フランチェスカは必死に理性をかき集めて、マティアスを見おろす。

声は震えていないだろうか。彼にこうやってかしずかれると、心の奥がざわめいてしまう。

彼に片思いをしている自分には、この程度の触れ合いすら胸が弾むのだ。

まさかわざわざ謝りに来るとは思っていなかったので驚いたが、もしかしたら『後ろめたい』のかもしれない。

(本当は私が邪魔をしているだけなのだけれど……)

だがマティアスの愛人については『知っている』とは言わないほうがいいだろう。マティアスに余計な気を遣わせてしまう。

フランチェスカはそんなことを思いながら、首を振った。

だがマティアスは相変わらずその場にひざまずいたまま、

「それで、その……今更かもしれませんが、もう少しあなたと過ごす時間を作ろうと思います」

と言い出したものだから、思わず耳を疑ってしまった。

「えっ？」

マティアスはそれからどこか覚悟を決めたように、目に光を宿して立ち上がる。

「あなたと夫婦として過ごしたい。夜は同じベッドで眠って、朝をともに迎えたい。そう思っています」

こちらを見上げるマティアスの緑の目は、キラキラと熱っぽく輝いていて——。

「いかがですか、フランチェスカ？」

マティアスの男らしい端整な美貌に、抑えきれない色気が漂っている。まるで求愛されているような その言葉と眼差しに、胸がきつく締め付けられる思いがした。

同じベッドで眠り、朝をともに迎える。

新婚初夜を失敗したフランチェスカが、どうしても欲しくてたまらなかった時間。

この、あたかもマティアス本人がそうしたいと熱烈に思っているような――。

フランチェスカを妻として本気で愛そうとしているようにも聞こえる言い回しをされて、鼻の奥がつんと痛くなってしまった。

（このまま、何も知らなかった顔をして、マティアス様に愛されてみたい……）

ふたりの時間を増やすということは、マティアスが愛人と子供のもとに行く時間が減るということだ。

本当は、彼のためを思えば喜んではいけないはずなのに、フランチェスカの心は妖しくざわめく。

一分一秒でもマティアスの側にいたい。その気持ちを抑えられない。

だがマティアスのためになるのだろうか。

彼には心を休める場所がほかにあるというのに、後から来た自分が横入りをしていいとはとても思えない。

（きっと、マティアス様は私にほだされてしまわれたのだわ。子犬のように追いかけ回して……妻にしてくれって、甘えていたから……）

だとしたらマティアスはどこまで優しいのだろう。

もう、十分だった。

フランチェスカははっきりと首を振った。

「いいえ、マティアス様。もうお気遣いは無用です」

「――え？」

その瞬間、マティアスが不意打ちをくらったように目を見開く。

「王都ではつまらない駄々をこねてしまって、ごめんなさい。あれからいろいろ考えて……王太子妃つきの女官の件、考え直そうと思っているんです。本来、私のような箱入りには縁遠い、夢のような機会でもありますし……。その、こういった選択ができるのも『白い結婚』をご提案くださったマティアス様のおかげです。感謝しています。ありがとうございました」

胸の奥でくすぶっている感情をマティアスに気取られないよう、フランチェスカは精一杯の理性をかき集め、優雅に微笑んだ。

どれほど辛いことがあったとしても、他人に悟られないように本心は心の奥底に隠して、笑みを浮かべる。社交界とはほぼ無縁に生きてきたフランチェスカだが、この程度はやり遂げられる。

これでマティアスもきっと肩の荷が下りたことだろう。

そんな思いでにこりと微笑みかけたのだが、とうのマティアスは凍り付いたように表情を強張らせたまままゆっくりと立ち上がった。

なんだか様子がおかしいが、彼の表情の意味がわからない。

「マティアス様……？」

いったいどうしたのだろうと、半歩足を踏み出して、マティアスを見上げる。

その次の瞬間、

「あっ……！」

急に上半身を抱き寄せられ、バランスを失ったフランチェスカの体はマティアスの腕の中にすっぽりと収まってしまった。

「っ……」

頭ひとつ分以上背が高いマティアスに抱きしめられると、自然と踵が浮いてしまう。

「あ、あの……？」

好きな男性に抱きしめられて、ときめかないはずがない。これ以上好きになってしまったら自分が辛いだけだとわかっていても、それでも彼を心が求めてしまう。

理性は離れるべきだと語りかけてきたが、フランチェスカは指一本動かせなかった。

「――」

けれどマティアスはなにも言わなかった。フランチェスカが顔をうずめた首筋から、かすかに火薬の匂いがする。領主になった今でも、訓練は欠かさないらしい。王都の貴族たちからは強い香水の匂いしかしないが、今はこの香りを懐かしいとさえ感じる。

このくらいしても今は許されるだろうかと、フランチェスカは、おそるおそるマティアスのたくましい背中に腕を回した。

「マティアス様……『シドニア花祭り』絶対に成功させましょうね」

彼がどんな気持ちで自分を抱きしめたのか想像でしかないが、おそらく自ら身を引くと言ったフランチェスカに『感謝』してくれているのだろう。

だったらよかった。

子供っぽい女の見栄だとわかっているが、フランチェスカはマティアスにとって少しでも『いい女』でいたい。

もう泣いたりわめいたりしてマティアスを困らせたくないし、がっかりされたくない。

立ち去る時もスマートに、せめて美しい思い出として残るように彼の前から消えたかった。

目にじんわりと涙が浮かんだが、泣いていると悟られるわけにはいかないので、そうっとマティアスの胸元に顔を押し付け涙をぬぐった。

(あと少し……せめて『シドニア花祭り』まではあなたの妻でいさせてくださいね。お祭りが終わったら、身を引きますから)

フランチェスカは大きく深呼吸すると、背伸びをし、頬に触れるだけのキスをする。

「おやすみなさい、マティアス様。また明日」

「――」

フランチェスカのおやすみの挨拶を聞いても、しばらくマティアスは凍り付いたような表情のまま立ち尽くしていたが、

「……あぁ、おやすみ、フランチェスカ……」

赤い、鳥の羽根のように長いまつ毛を伏せるとくるりと踵を返し、部屋を出ていった。

「——お嬢様」

完全に夫の姿が見えなくなってから、それまで部屋のすみで黙って見守っていたアンナが、気遣いながらフランチェスカに声をかけてきた。

「本当にいいんですか？　旦那様はお嬢様のことを、妻として迎える気になられていたんじゃないんですか？」

「——そうね」

フランチェスカは大きく深呼吸して、唇を引き結ぶ。

「でも、私……本当に強欲でいやになるのだけれど、きっと我慢できなくなると思うの。だから……まだ引き返せるうちに引き返したいの」

自分は公的に認められた妻なのだから、愛人には目をつぶり、妻として堂々と愛されればいい。

それが賢いやり方だとわかっているが、フランチェスカは一度思いつめたらとことんやりぬく自分の性格をいやというほどわかっていた。

なにしろ十八年間、近いうちに死ぬと言われ続けて生きてきた女である。夫を愛するがあまり愛人やその子に嫉妬し、人として戻れない修羅の道に落ちてしまう物語のようにならないとも限らない。

（人の頭で想像できることは、現実にだって起こりうるんだから……）

たとえ青いと言われても、フランチェスカはそんな女に成り下がりたくはなかった。

たとえ愛されなくても、心だけは気高く生きていたい。

「アンナ、新しいポプリを枕元に用意してくれる?」

「――畏まりました」

話を切り上げてしまったフランチェスカに対して、アンナはなにか言いたげだったが、結局それをのみ込んだ。彼女もまたフランチェスカの頑固さをよく知っている人間でもある。

「よく眠れるように、オイルマッサージもいたしましょうね」

「ありがとう」

礼を告げて、フランチェスカはフラフラと窓辺に向かい、天高く輝く月を見上げた。

窓の外がしらじらと明けてくるまで、たっぷり時間をかけてフランチェスカは自分の心と話し合い、そして決心した。

自分の使命はまずは『シドニア花祭り』を成功させることにある。

シドニアの未来のために働き、そしてそれが落ち着いた頃に彼の望み通り離縁して、王都に戻り王太子妃つきの女官として働くのだ。

彼への思いを今更なかったことにすることはできず、マティアスの側にいる間はずっと彼への思いで心は揺れて苦しむだろうが、それ以外に生きる道はない。

「うん……大丈夫。私は大丈夫……」

幼い頃から何度も死にかけるたび『大丈夫』だと自分に言い聞かせてきた。

だからこの失恋だってきっと立ち直れるはずだ。

いつか彼を諦めないといけない。そう考えるだけでフランチェスカの瞳からは涙がこぼれ落ちてしまうけれど。

マティアスを愛した気持ちをなかったことにはできないし、忘れたくはないのだった。

六章「燃える夜」

短い春はあっという間に過ぎ去り『シドニア花祭り』の開催を十日後に控えたフランチェスカたちは前夜祭の準備に追われていた。

前夜祭は完全に領民主導の企画で始まった、花祭り前にシドニアを楽しんでもらおうというイベントである。

町の中心のあちこちでは、すでに植え替えを終えたスピカが色とりどりに咲き誇り、薄いピンクからグリーン、ブルー、朝焼けのような薄紫のグラデーションが帯のように広がっていた。

中央広場にも出店が軒を連ね、フランチェスカたちがお芝居をする予定の大型テントもほぼ組み立ては終わっており、前夜祭に出演する大道芸人が、それぞれ楽しげに練習を重ねていた。

そんな中、フランチェスカとマティアスの芝居の稽古も、今日が最後の練習になった。

といっても、マティアスにはほぼセリフがないので、あくまでも立ち位置の最終確認程度だが。

『――ギルベルト殿』

男装したフランチェスカは、床に寝ころんだまま、情感たっぷりにマティアスに向かって手を伸ばす。

『……なぜあなたは僕を助けてくださったのですか？』

フランチェスカの指先には、マティアスがたくましい大樹のように立っていた。

フランチェスカ演じるフーゴは士官学校を卒業したばかりの青年将校で、身分の高さからいきなり五百人の大隊を任される。だが戦況はあまり芳しくなく、フーゴは味方のミスで敵国に捕らえられてしまう。

窮地を救ってくれたのは部下のひとりであるギルベルト。彼はごく少数の手勢で敵国の砦に乗り込み、フーゴを救出する。

そんなオープニングのこの場面は、敵の捕虜になったフランチェスカ演じるフーゴが、助けにきたギルベルトに問いかける大事なシーンだ。

『あなたは貴族である僕を、憎んでいるのではないのですか……？』

『――』

『なにか言ってください、ギルベルト殿』

マティアスは無言でフランチェスカの前にひざまずき、体を支える。

こちらを見おろす緑の瞳は、黙っていても様になる。

（マティアス様……やっぱりそこにいるだけで雰囲気があるわ）

フランチェスカはそんなことを思いつつ、ニコッと笑った。

「ここでギルベルトはフーゴの疑問に答えることなく、フーゴを担ぎます。フーゴは拷問でズタボロなので、気遣いつつ立たせてください」

「わかりました」

ギルベルトことマティアスは小さくうなずいて、そのままひょいっとフランチェスカを横抱きにした。

「⁉」

それはいわゆるお姫様抱っこというアレである。

いきなり抱き上げられたフランチェスカが目を丸くすると、
朝からふたりの稽古を見守っていたダニエルが、眼鏡を中指で押し上げながら首を振った。

「旦那様、間違ってますよ」

「すまん、間違えた。本番では気を付ける」

マティアスはどこか気が抜けたようにふっと笑って、フランチェスカを繊細なガラス細工を扱うような手つきで床に下ろし、胸元から懐中時計を取り出した。

「そろそろお茶の時間ですね。休憩にしましょうか。ダニエル、頼む」

「畏まりました」

ダニエルは胸元に手を置いて、小さく会釈すると、そのまま広間を出て行った。

フランチェスカは大きく深呼吸をしつつ、胸にそうっと手のひらをのせる。

(私がここにいられるのも、あと少しだわ……)

なんだかまだいまいち実感がわかない。

とりあえずマティアスから物理的に距離を取ろうと、くるりと踵を返した次の瞬間、

「待ってください」

いきなり背後から抱き寄せられて、フランチェスカの体はマティアスの腕の中にすっぽりと閉じ込められていた。

「――顔が赤いようですが。具合が悪いのに黙っているということはありませんか？」

マティアスが背後からささやく。

彼の声は甘く低いので、ただそうされるだけでフランチェスカはあからさまに動揺してしまう。

「えっ、そ、そんなことは……ありません、よ？」

顔が赤いとしたら、それは接近したからだ。

マティアスから『夫婦になろう』と言われ、断ってから約一か月強。

マティアスへの思いを心の奥底に封じ込めてから一度もふたりきりにはなっていない。おかげさまで毎日やることはいっぱいで、フランチェスカもマティアスも忙しすぎるのだ。

遠くからマティアスを見つめて切なくなることはあるが、フランチェスカはすべての理性と忍耐力を総動員して、何事もなかったかのように振る舞える。

だがお芝居の稽古となると、どうしても接触が多くなる。好きな人に近づけば当然、心臓はバクバクするし手に汗は握るし、顔だって赤くなって当然だ。

「いや、だが……」

マティアスが名前を呼び、ゆっくりと背後から顔を近づけてきて――。

吐息が頬に触れるくらい近づいた次の瞬間、手紙を持ったアンナが部屋の中に入ってきた。

「奥様、ご実家からお手紙です」

「っ！」

その言葉に、フランチェスカは慌ててマティアスから距離を取り、アンナから手紙をひったくるように奪っていた。

「大事な手紙のお返事なので、部屋で読んできますっ」

マティアスをその場に置いて、自分の部屋へともつれる足で駆けていく。我ながらものすごく怪しかったと思うが、マティアスにあれ以上近づかれては心臓がもたない。

（はぁ～……ドキドキした……）

そして震える手で手紙を開けた。案の定、手紙の主は兄のジョエルだった。

フランチェスカが『「シドニア花祭り」が終わったら、王太子妃つきの女官になることも考える』と送ったことについての返事である。

兄らしい優美な字で、フランチェスカの体の心配や、王都で好んで食べていた果物を送るという文章とともに、

『女官になることを検討するとのこと、驚きました。

その旨カールに伝えてほしいということだったから伝えたけれど、本当によかったのかな。

あれだけマティアス殿の側にいたいと言っていたのに。

お前が無理をしていないか兄は心配です。

花祭りは家族皆で見に行くからね』

と書いてあった。

「無理は……しているわ、お兄様……」

フランチェスカはハァとため息をつきつつ、ソファにすとん、と腰を落とし、そのままぱたりと体を横たえていた。

「はっきり女官になると言えたらいいのにな……思い切れない私が悪いのだけど……」

フランチェスカは何度も手紙を読み直し、そしてぼんやりと天井を見上げた。

『シドニア花祭り』が終われば、フランチェスカがこの地でやることはなくなる。すぐに離縁の手続きをしなければならないが『白い結婚』なのでそれほど難しくないはずだ。おそらくカールあたりが外聞が悪くならないよう根回しするだろう。

そして兄によると皇女はちょうど『シドニア花祭り』が終わってから、嫁いで来られるらしい。

「まるでこちらの事情をすべて理解したような、完璧なスケジュールね……」

女官になるかならないか、皇女とお会いして決めようとは思っているが、会ってから断ることは難しいだろう。腹をくくるしかない。

だがおかげで今は、花祭りを成功させることに集中できる。

フランチェスカはむくりと起き上がると、ぱちぱちと自分の頬を叩いて叱咤激励した。

「あと少し、頑張らなくちゃ……」

手紙を大事にしまって、それから広間へと戻る。

テーブルの上にはアンナが用意した軽食とお茶の用意がされていたが、マティアスの姿はなかった。

「マティアス様は？」

アンナに問いかけると、

「公舎から連絡があってそちらに向かわれました。練習に付き合えず申し訳ないとのことでしたよ」

ということだった。

「そう……」

彼からの申し出である『夫婦の時間』を断った後、マティアスとの個人的な会話はぐっと減ってしまっている。

お互い忙しいから――。

そう自分に言い聞かせているが、マティアスが今までのように自分に構わなくなったことにフランチェスカは気づいている。そしてそのことを寂しく思っていることも。

そう望んで、そうなるように振る舞っているのは自分なのに。

（自分勝手で……いやになるわ）

気を緩めたら涙がこぼれそうで。フランチェスカは大きく深呼吸した後、天井を見上げて唇を引き結んだ。

＊＊＊＊＊＊＊＊＊＊＊＊＊＊＊

ルイスに呼び出されたマティアスは、どっかりと椅子に腰を下ろし、長い足を持て余し気味に組んでその上に肘をついた。

「――で、見回りの人員は増やしたのか？」

「はい。大将の指示通りに」

ルイスは手元の書類をめくりながらうなずく。

「人が集まる広場には人員整理のための警備を増員、出店がならぶ商店にも警邏を増員しています。こちらは地元と信頼関係があるメンバーを選んでいるので、万が一のトラブル防止にも役立つかと」

「ああ」

マティアスはうなずきつつ、執務机の上に置かれた手紙を手に取り、深いため息をつく。

「これでなんとか抑止になればいいんだが」

「なんなんですかね、脅迫状って。意味わかんないですよ」

ルイスがチッと舌打ちし、腰に手をあてつつ手紙を上から覗き込んだ。

「『シドニア花祭り』を中止しなければ、野蛮な野良犬であるシドニア閣下に神の裁きが下るだろう……口に出すだけで腹が立つ文面ですね」

「そうだな」

読み上げを聞いているだけでマティアスの眉間の皺も深くなった。

脅迫状は、十日ほど前にマティアス宛てに届いたものだ。文字は子供のように稚拙で、筆跡はわからない。

マティアス宛ての手紙は副官のルイスが中身を確認し、必要と判断されたものだけマティアスに渡される仕組みになっている。当然、脅迫状はすぐさまマティアスと共有され、ダニエルやケトー商会のテオと話し合いがもたれた。

悪戯だろうと思うが、そうでなかった場合は大変なことになる。当初予定していた倍の警備網を敷くことになり、その分予算もかかったが安全のためには仕方ないことだった。

「こんな脅迫に負けて、皆で協力して作り上げた祭りを中止するつもりもないが、万が一ということもあるからな」

マティアスは大きく息を吐き、脅迫状を引き出しの中に仕舞いこむ。

「奥方様には話さないんですよね？」

「……本番前に不安にさせたくない」

「芝居、うまくいくといいですね」

「他人事だな。お前も出るだろう」

マティアスがふっと笑うと、

「俺は俺の役なので、全然大丈夫ですっ。女の子もたくさん見に来てくれるんで、頑張りますよ～へへへヘッ」

ルイスはいつものように軽薄な顔でウインクをすると、警備の最終打ち合わせをすると言って執務室を出て行った。

ひとりになると、ふと、脳内に先ほどまで一緒に舞台の練習をしていたフランチェスカの姿が浮かんだ。

夜はちゃんと寝ているだろうか。食事は食べているのか。

元気はつらつにお芝居の練習をしていたが、ばったりと倒れた前科があるので、ダニエルに無理をさせないよう伝えている。

彼女が気を張っているのは、遠くから見ているだけでも気が付くものだ。

無理をしていないかと、つい構ってしまう。

そのたびにフランチェスカが少しだけ困った顔をするので、また自己嫌悪に陥る、の繰り返しだ。

(——俺は本当に馬鹿だな)

自分の弱さを認め、ようやく彼女に向き合う決心がついたと思った矢先、フランチェスカはマティアスを見限って王都に戻る決心をしていた。

それもそうだ。覚悟を決めて嫁いできた彼女を受け入れなかった。その後、フランチェスカの人となりを知って可愛いと思い始めても、相変わらずに彼女の好意をやんわりと拒んでいたのはマティアスだ。

『王太子妃つきの女官』の一件でも彼女の気持ちを拒んで、よく考えたほうがいいとまで伝えたのだから、彼女がそうするのは仕方のないことだ。

もし彼女を最初から妻として受け入れていたら?

今頃仲睦まじい夫婦としてこの地で生きていたのではないか。

愚かな妄想は捨て去らなければならないのに、ふとした瞬間に考えてしまう。

だが一番にフランチェスカの幸せを思うなら、己のことなどどうでもいい。

（女官なら、小説を書くことを諦めなくて済むしな）

機転が利く彼女なら皇女のお気に入りになるのは目に見えているし、今は無理だとしても、時代が変われば女流作家として表舞台に出られるようになるかもしれない。

そう、彼女は幸せになれる。

「俺がいなくても……」

むしろマティアスは野蛮な『荒野のケダモノ』だ。フランチェスカの足を引っ張るだけでなんのプラスにもならない。

「――」

マティアスは執務机に肘をついたまま、顎先を指で支えつつ自分の唇に触れる。

触れるだけのキスしかしなかった女性に、ここまで心を奪われてしまったのは人生で初めてだった。

そう、マティアスは恋をしてしまった。妻などいらないと頑なに独身を通してきたのに、気が付けば押しかけて来た若い娘を本気で好きになっていた。

きっとこれが人生で最後の恋になるのだろう。

自分の愚かさのせいで、始まる前に終わってしまったが、フランチェスカが側にいてくれた半年は、夢のように楽しかった。その日々を否定する気にはなれない。

帝国の皇女は『シドニア花祭り』が終わった数日後に嫁いで来るらしい。

別れのタイミングとしては完璧だ。

「絶対に成功させないとな……」

卑怯（ひきょう）な脅迫状などでフランチェスカの頑張りの邪魔はさせない。

マティアスは強く決心するのだった――。

＊＊＊＊＊＊＊＊＊＊＊＊

そうして前夜祭を明日に迎えた夜。フランチェスカは王都から正式に届いた招待状を見て、緊張したように体を強張らせていた。

「お嬢様……それって」

「ええ。皇女殿下を迎えるための晩さん会の招待状よ」

ロドウィック帝国第二皇女を迎えての結婚の儀は、約二週間にわたって行われる。そして今回の晩さん会は貴族たちへのお披露目を兼ねたものだ。

フランチェスカは美しい金色の縁で彩られた招待状をテーブルの上に置いて、目を伏せた。

「とりあえず、花祭りが終わったらすぐにここを出るわ」

「――戻ってくるおつもりですか？」

「個人的にはそうしたいと思ってる。お世話になった人たちに挨拶をしたいし……マティアス様とも、このままさよならなんてしたくないもの」

フランチェスカはそう言って、膝の上でこぶしを握る。

その硬い表情を見て、アンナが口を開く。

「旦那様に思いを告げられるおつもりはないのですか？」

「そんなことできるわけないじゃない。自己満足でマティアス様を煩わせたくないわ」

物語を書き続ける自由のためにマティアスの押しかけ妻になり、彼に認められたくて『シドニア花祭り』の企画を立ち上げた。ＢＢの名前で舞台の脚本を書き、最後には夫婦ふたりで舞台に立てる。

短い期間で忙しくはあったけれど、毎日が充実していた。こんな経験は王都の貴族と結婚していたら、決して味わえないことだ。

確かに恋は実らなかったが、マティアスを好きになって本当によかったと思う。

彼には感謝の気持ちしかない。

とは言え、黙っていると、マティアスの顔を思い出しじんわりと涙が浮かんでしまうくらい彼が恋しいが、やはりシドニアで過ごした日々に後悔はなかった。

アンナもそれを感じたのだろう。下手に慰めることもせず、励ますようにフランチェスカの肩を抱いて顔を覗き込んだ。

「そうですか……明日から前夜祭ですし、忙しくなりますから、今日は早く寝ましょう」

「そうね、少し早いけれど休むわ」

マティアスにおやすみの挨拶をしたかったが、明日の準備のためにまだ公舎に残っている。

フランチェスカはベッドに入り目を閉じる。

それからしばらくして、寝入りかけた次の瞬間――。

窓の外から、ドォン！　と花火が打ち上がるような爆発音がした。

「っ⁉」

聞いたことがない音に、フランチェスカは跳ね起きる。寝巻の上にガウンを羽織って窓に駆け寄った。

（もしかして砲撃っ⁉）

咄嗟にそう思ったのは、八年前のことがあったからだが、シドニア領の向こうは険しい山間部だ。他国がいきなり侵略してこられるような場所でもなく、そもそもアルテリア王国の現状からして戦争など考えにくい。

いったい何が起こったのかと窓の外に目を凝らしても、なにも見えなかった。

状況がわからずハラハラしていると、

「お嬢様！」

同じく寝巻にガウンを羽織ったアンナが、慌てた様子で飛び込んできた。

「アンナ、なにがあったの⁉」

「それがあたしもよくわからなくて……」

「――とりあえず部屋を出ましょう」

アンナの顔を見たら少し気分が落ち着いてきた。

身支度を整えて階下に下りると、何人かの使用人が輪になって話している。

「なにがあったの⁉」

「奥様……！」

声をかけると、使用人たちがオロオロした様子でフランチェスカのもとに集まってきた。

「まだ未確認情報ですが、こ、公舎が燃えていると……」

公舎と聞いて、全身から血の気が引いた。

「ダニエルは⁉」

「一報を聞いてすぐに公舎へと向かわれました」

ダニエルが公舎に向かったということは、マティアスはまだ帰宅していないということだ。

一瞬で背筋が凍り付き、頭の中が真っ白になった。ショックで言葉が出てこない。全身から血の気が引いているのがわかる。

「どうしましょう……！」

「奥様……！」

使用人たちは全員、激しく動揺していた。

それもそうだ。ここには皆に命令を下せるマティアスもダニエルもいないのだから。

「……っ！」

フランチェスカは思い切って玄関を飛び出し空を見上げた。

星が輝く濃紺の空に、たなびく煙が見える。

屋敷は町の中心地から馬車で十五分程度の距離だ。急げばダニエルに追いつけるかもしれない。

「馬車を用意して！　早くっ！」

フランチェスカは叫んでいた。

早くマティアスを捜しに行かなければ。あの人がいなければこの地はまた昔の荒れ地に戻ってしまう。

「奥様！」

馬丁が慌てた様子で一台の馬車を引いてくる。

慌てて馬車に駆け寄り、ステップに足をかけたところで、
フランチェスカの耳が人の叫び声を聞き取った。

「今のは……？」

周囲を見回すと、使用人たちが「町のほうから聞こえてきます」と震えながらつぶやいた。

「うちの実家、大丈夫かしら……」

「近所には年寄りも多いのよ」

彼らの不安そうな顔を見た瞬間、頭から冷水を浴びせられたような気がした。

（待って。今私はかなり動揺している。落ち着いて。冷静にならなきゃ……）

フランチェスカは目を閉じ、それから胸元をぎゅっと握りしめる。

「はぁ……はぁっ……」

なにもしていないのに息切れが止まらない。

耳の奥では緊張と動揺のせいか耳鳴りがしている。胸のあたりを押さえると、心臓がドクドクと跳ね回っているのがわかった。

公舎はもともとマティアスを慕って王都からついてきた者たちが、生活の拠点として建てた建造物で、シドニア領のほぼど真ん中にあり政治と商業の中心地でもある。

そこに今自分が単身で向かっても、フランチェスカにできることはなにひとつないし、むしろ邪魔になるだけだろう。

(そうよ。マティアス様もダニエルもいない今、この場の責任は私がとるしかないんだわ)

「……奥様?」

ステップから足を下ろしたフランチェスカに、馬丁がおそるおそる声をかけた。

「この馬車は、領民の避難誘導に使いましょう」

フランチェスカはきっぱりと言い切る。

「はっ?」

突然とも思えるフランチェスカの発言に、その場に立ち尽くしていた使用人たちが驚いたように顔をあげた。

「あの煙の位置からして、町の中心で火事が起きているのは間違いありません! これからけが人が増えるはずです。だから屋敷を解放して、けが人、お年寄りや小さな子供、避難が必要な人は全員迎え入れてください!」

フランチェスカの言葉に、その場にいた全員がすうっと息をのむのが伝わってきた。

「畏まりました！　門を開けろ！」

「屋敷中の清潔なシーツや毛布を集めましょう！」

一斉に動き始める使用人たちを見て、フランチェスカは今にも叫びたくなる不安をのみ込み、奥歯をかみしめる。

マティアスのことを考えると不安で胸がつぶれそうになるが、彼は軍人だ。人生の半分以上をベッドで過ごした自分よりもずっと強い。

（あの人が死ぬわけがない！　絶対に死なない！）

フランチェスカは町の中心地へと走り出した馬車を見送り、改めて不安そうに側で立ち尽くしていたアンナの手をつかんで、ぎゅっと握りしめる。

「アンナ、今は人手がいるわ。私たちもやれることをやりましょう」

「……わかりました」

呆（ほう）けていたアンナの表情も、いつもらしさが戻ってくる。

（マティアス様……私は領主の妻として、役目を果たします……！）

フランチェスカは白い煙を見つめながら、唇を強く引き結んだのだった。

次々と運び込まれるけが人の治療や炊き出しの手伝いが完全に終わったのは、夜がしらじらと明けた頃だった。

避難する時に転んでけがをしたお年寄りの手当てを終えたフランチェスカは、ゆっくりと立ち上がってエントランスを見回した。

屋敷内に迎え入れた領民は百人程度だ。病人は屋敷中のベッドに寝かせているが、さすがに足りないのでエントランスにも領民が溢れている。

（マティアス様は、大丈夫なのかしら。おけがをされていないかしら……）

火事はいったいどうなったのだろう。

町の中央の方に目を凝らすが、もう火事発生時の時のような煙は見えなかった。とりあえず消火活動が終わったのかもしれない。

避難してきた人たちから話を聞いた限りでは、火事が起こったのは公舎ではなく、その近くの広場が出火元ではないか、ということだった。彼の部下たちが率先して避難誘導や消火活動を行っていて、今のところ逃げ遅れた人はいないらしい。

だが相変わらずマティアスも、ダニエルも戻ってこない。

最悪の結末が頭をよぎるが、すぐにそれは否定した。

マティアスが死んだりするはずがない。あの人は八年前にだって、兄を助け死地を乗り越えたのだから。

（大丈夫……絶対に大丈夫……絶対に大丈夫よ。この屋敷に戻ってくるわ）

必死に自分に言い聞かせていると、

「――お嬢様」

同じくくたびれた様子のアンナが、フランチェスカの手を取り指を解きほどいた。どうやら緊張のあまり握りしめていたらしい。手のひらが爪の形に赤く染まっていた。

「考えないようにしていたの。怖くて」

面白くもないのに笑ってしまう。フランチェスカは深呼吸をしてから周囲を見回した。

「少し落ち着いたかしら」

「ええ、そうですね」

「だったら次は台所を手伝おうかしら。炊き出しが必要よね。とりあえず温かいスープでも……」

少し疲れたが、そんなことは言っていられない。困っている人はたくさんいるのだ。

目をこすりながらアンナと話していると、

「フ……チェ、スカ！」

開け放った屋敷の扉の向こうから、艶のある低音が響いた。

その瞬間、フランチェスカの体を貫くように稲妻が走る。頭は依然真っ白だったが、フランチェスカはなにも考えず、立ち上がり声がしたほうへと転びそうになりながら走り出していた。

（うそ、嘘！）

足が震える。

膝が笑う。

（違う、嘘じゃない！）

彼の声を聞き逃すはずがない。

燃えるような赤い髪、そして大地に根付く大樹のような立ち姿が目に飛び込んできて――。

「マティアス様っ！」

フランチェスカは必死に前に手を伸ばしていた。

「フランチェスカ！」

馬車から降りた彼は、煤だらけの傷だらけだった。だがその緑の目は爛々と命を燃やすように輝いていた。一目見てわかった。彼はなにも損なわれていないと。

「あ……あぁっ……」

唇から悲鳴にならないわななきが漏れる。フランチェスカはもつれる足を必死に前に進めながら、腕を伸ばしそのままマティアスにしがみつく。全力で体当たりしたが彼はびくともしなかった。

「あっ、ああっ……ううっ……」

腹の奥から熱いものが込み上げてきて、嗚咽となってこぼれる。目からぶわっと涙が溢れて、あっという間になにも見えなくなった。

「マッ、マティアス様、ごぶじで、よか、よかった……ううっ……あっ……わぁぁ～っ……！」

これまでずっと気を張っていたのに、マティアスの姿を見て緊張の糸がぷつりと切れてしまった。

不安、恐怖、後悔、いろんな感情がごちゃ混ぜになってフランチェスカの中で渦を巻き、一気に噴き出してゆく。

今確かに彼はここにいるのに、これは夢で、目を覚ました瞬間彼はどこかに行ってしまうのではないかと恐ろしくなって、必死にしがみついた。

「……心配をかけた。消火活動がようやく終わって……戻ってこられたんだ」

煙のせいか、かすかに彼の声はかすれていて。そして泣きじゃくるフランチェスカの背中を軽くあやすように叩いた後、無言で強く抱きしめたのだった。


結局『シドニア花祭り』は二週間の延期となった。

「中止にはしない。こんなことがあったからこそ、希望は必要だろう」

火事から数日後、執務室に関係者を集めたマティアスは、全員の前ではっきりとそう宣言した。

（よかった……）

その言葉を聞いて、フランチェスカは涙をこぼした。いや、その場にいた全員が目に涙を浮かべていたのではないだろうか。

「全焼したのは中央広場に建設途中だった大型テントと、出店予定だった仮設店舗が十五。火災が発生したことが深夜だったこともあって、幸いにも死傷者はいない。大丈夫だ。俺たちはやり直せる」

それからマティアスは落ち込んだままの商会のメンバーや役人たちをひとりひとり励まし、二週間後の復旧スケジュールを改めて組むように指示を出した。

燃え尽きた広場を見て落ち込んでいたテオも、やる気を取り戻したようで、

「これだっていう目標があれば、また頑張れる気がします」

と、笑顔を浮かべて公舎をあとにした。

執務室にはルイスとダニエルが残っている。

ダニエルがお茶のお代わりをカップに注ぐ横で、ルイスが神妙な顔をして口を開いた。

「調べた結果、出火元はテントの裏の資材置き場でした。テント然り、出店はすべて木造だったのであっという間に燃え広がったようです。幸い住宅にまで被害が広がらなかったこと、貯水槽として設置していた中央広場の噴水のおかげで、被害が広がらなかったことはよかったんですが……」

言いにくそうに口ごもるルイスの反応を見て、フランチェスカはまさかと思いつつも問いかける。

「資材置き場から火が出たって……。そ、それって、放火ってことですか？」

フランチェスカの疑問を拾い上げるように、マティアスは頬杖をついたまま、顎のあたりを指で覆った。

「十中八九放火だろうな。ルイス、調べられるか」

「はい。口の堅いやつを選んでこっそりやります。放火の可能性なんか聞いたら、町のやつらが怖がっちまいますからね」

ルイスはうなずくと、いつもはヘラヘラしている表情を引き締めて立ち上がり、ダニエルと一緒に執務室を出て行った。

（嘘……放火だなんて信じられない！）

幸いにも死人は出なかったが、それは奇跡的なことだったのだ。それが誰かの悪意で行われたことだと思うと、恐怖で眩暈がする。

（もしかしたら、この悪意はまだ続くかもしれないってこと……？）

フランチェスカは紅茶の表面に映る自分の顔を見おろしながら、唇を引き結ぶ。

「――フランチェスカ」

名前を呼ばれて顔をあげると、やんわりと微笑んでいるマティアスと目が合う。

急に静かになった執務室だが、彼に名前を呼ばれて、廊下や窓の外から子供たちが遊んでいる声が聞こえてくるのに気が付いた。

公舎は現在仮の避難所にもなっていて、子供の声がするのはそのせいだが、思わぬ火災で全員がそれなりにショックを受けている今、子供の元気な姿は、かえって皆の気持ちを明るくするようだった。

「それでいつ、王都に？」

放火の可能性にフランチェスカは凍り付いてしまっていたのに、彼はいたって静かだった。

マティアスが落ち着いているのがわかると、不思議とフランチェスカの不安も少しだけ小さくなる。

（そうよね、怖がっても仕方ない。マティアス様ならきっと解決されるし対策も練るはず。不安を煽るのはよくないわ）

彼のおかげで気持ちが落ち着いた。

「今日の午後……兄が迎えに来てくれるので列車で向かいます」

三日後には皇女を迎えての晩さん会がある。そこでフランチェスカは皇女と顔合わせをすることになっている。シドニア領で火事があったことはおそらく耳に入っているだろうが、だからといって約束を破るわけにはいかない。

（きっとマティアス様は、私がもう戻ってこないって思ってる……）

胸がズキズキと苦しくなったが、これはフランチェスカが自分の意志で選んだことだ。傷つくなど本来勝手な話なのである。

「もしかしたら、私なんか早々にクビになるかもしれませんけど」

余り深刻な雰囲気にしたくなくて、フランチェスカはおどけたように肩をすくめた。

だがマティアスはそれを聞いて真面目な顔で首を振った。

「そんなはずはない。あなたならきっと、皇女殿下のお眼鏡にかないます」

不思議とお世辞とは感じなかった。

そう――マティアスは自分の言葉に責任を持ってくれる人だ。

（やっぱり、好きだわ）

諦めなければと自分に言い聞かせても、気持ちが抑えられない。

フランチェスカは顔をあげてマティアスを見つめた。

「あの……マティアス様。私、王都で皇女様にお会いした後、帰ってきますから。その時にお話がしたいです」

「え？」

はっきりと口にした瞬間、マティアスがかすかに息をのんだ。

（好きだなんて言えば困らせるのはわかってる。でも感謝の気持ちは伝えたい）

作家でい続けたいばかりに、貴族の妻などいらないと拒否していたマティアスに無理やり押しかけ妻になった。

彼の優しさに触れて好きになって、本当の妻になりたいと、認められたくて奮闘した。

小説を書くことだけが生きる喜びだった自分が、こんなふうに誰かを愛せるようになるなんて、思わなかった。確かに恋は実らなかったけれど、すべての経験がフランチェスカにとって宝物には違いない。

フランチェスカは思い切ってソファから立ち上がり、マティアスに向かって微笑む。

「『シドニア花祭り』があるだけじゃなくて……私が、このままさよならなんて、いやなんです。あなたの時間を、少しだけでいいので貰えませんか」

切ない思いを押し殺しながら告げたその瞬間、マティアスが弾かれたように椅子から立ち上がった。

「フランチェスカ！　あなたは本当にすばらしい人です。俺が今まで出会ったどんな女性よりも、あなたは……！」

緑の目が爛々と輝く。その瞬間のマティアスには、執務机を飛び越えてこちらに駆け寄ってきそうな熱があった。

だが今のフランチェスカには、その熱は『毒』でしかない。

こちらに伸びてきそうだった腕から慌てて目を逸らし、

「じゃあ、行ってきますねっ」

マティアスが足を一歩踏み出してくるのと同時に、フランチェスカはスカートの裾をつまんで、頭を下げる。そして執務室を飛び出していた。

あのまま執務室にいたら、きっと彼の腕の中に飛び込んでいただろう。

(――顔が熱い)

ひんやりした自分の手を頬に当てながら小走りで廊下を走り抜ける。

火事の後、マティアスの無事な姿を見て、彼の腕の中で子供のように泣いたことを思い出す。

マティアスは泣きじゃくるフランチェスカをしっかりと抱きしめて、何度も『心配をかけてすまなかった』と謝罪の言葉を口にした。

しがみついたマティアスの衣服はあちこち焦げていて、煤の匂いがして。

彼の背中に必死にしがみついて、気が付けばフランチェスカも煤だらけになっていたのだけれど、後悔はなかった。

「……また私、マティアス様のことを好きになってしまったわ」

口に出すとなんだか妙におかしくて、ふっと笑みがこぼれる。

だが同時に清々(すがすが)しい気分にもなった。

いい加減な気持ちで『受ける』と言ったわけではないが、皇女が自分を気に入ってくれるかどうかはわからない。

だがマティアスが大丈夫だと背中を押してくれたのだ。誠心誠意、皇女様と向き合おう。

フランチェスカは顔をあげて、まっすぐに歩き出したのだった。

迎えに来てくれたジョエルとアンナの三人で、フランチェスカは汽車に乗り王都へ向かった。実家に着いてからはまた忙しく、この日のために両親が用意してくれたドレスのサイズを直したり、フランチェスカの異例の大出世を機に、今更お近づきになろうとする貴族たちの相手をしたりしているうちに、あっという間に三日が過ぎ去ってしまった。

「はぁ～……疲れた……」

寝椅子の肘置きにもたれたフランチェスカは、今日何度目かの大きなため息をつく。

窓の外はすでに日が落ちかけていて、薄紫色になっている。

その色を見ると、シドニアで咲き誇るスピカのことを思い出して、胸が締め付けられる。

（マティアス様、今頃はなにをされているのかしら……ご家族と仲良く過ごされているのかしら）

落ち込むだけなのに、つい彼のことを考えてしまう。

「お嬢様ったら、もう疲れてるんです？　本番はこれからじゃないですか」

「わかってるわよ……」

呆れた様子のアンナに向かって、フランチェスカは子供っぽく唇を尖らせた。

いよいよ今日、皇女がアルテリア王国入りし、結婚の儀の前に王家主催の晩さん会が開催される。

フランチェスカはそこで皇女にお目見えし、彼女が正式に王太子妃となると同時に女官として王城に入ることになっていた。

両親にはまだ離縁することは話していないので、彼らは『いっそこちらに屋敷を用意したほうがいいのではなくて？』とのんきなことを言っているが、笑って誤魔化した。

実際、貴族のほとんどは王都にタウンハウスを持ち、領地へはたまにしか戻らない。フランチェスカが女官として働くことになる以上、マティアスもそうするのだろうと思い込んでいるようだ。

（マティアス様が、シドニアを離れるわけないじゃない……）

なによりあの地には大切な存在がいるのだから。

「さっ、湯あみの準備をいたしますのでしゃんとしてくださいませ」

アンナがぐにゃぐにゃになったフランチェスカの上半身をぐいっと抱き起こす。

「はぁい……」

アンナに言われてしぶしぶ立ち上がったフランチェスカは、アンナや別の侍女に支えられながら、運び込まれた湯船に体を浸した。

「ぴかぴかに磨き上げてあげますからね〜！」

「そうですよ、フランチェスカ様、頑張ってくださいっ！」

侍女たちはいまいちやる気のないフランチェスカを叱咤激励しつつ、晩さん会用に美しく着飾ってくれたのだった。


たっぷりのパニエにふんだんに取り入れたレースとフリル。前開きのローブ・ヴォラントは淡い薔薇色で銀糸の刺繍が全体に施され、キラキラと輝いている。波打つ金色の髪は丁寧にブラッシングした後ふんわりとしたポンパドールを作るだけで、あとは後ろになびかせた。余分なアクセサリーは一切身に着けていない。

本来なら侯爵家の家宝であるブルーサファイヤのネックレスを着けるべきだが「皇女殿下はあまり派手好きではないらしい」というジョエルの助言で、それはやめた。

母であるサーラはひどく残念がっていたがフランチェスカも同意見だ。

なにしろ社交界デビューをこなしていない、貴族の娘としてあり得ない生活を送ってきたフランチェスカである。

（家宝なんか身に着けても、うっかり落としてしまいそうだし）

宝石の価値を正しく理解していない自分が身に着けるのは、やはり気が引けたのだった。

「我が妹ながら本当に美しいね。大丈夫、胸を張っていなさい」

ジョエルが金色のまつ毛を瞬かせながらにっこりと微笑む。

「ありがとう、お兄様。馬子にも衣装だけれど頑張るわ」

フランチェスカは周囲から自分に向けられる視線に緊張しつつも、王城のエントランスから螺旋階段を一歩ずつ上っていく。

（大丈夫、今日の私はそこそこイケているはずよ……！）

ちなみに今日の宮中晩さん会は両親は参加せず、兄のジョエルと妹のフランチェスカのふたりでの参加だ。両親は皇女が正式に王太子妃になってからご挨拶する予定らしい。

フランチェスカも、本来なら夫であるマティアスと夫婦として参加するべきなのだが、カールが送ってきた招待状にはフランチェスカの名前しか記載されていなかったので、兄のジョエルをパートナーとしたのだった。

「わぁ……」

フランチェスカは初めて見る王城の景色に、目を奪われ声をあげる。

晩さん会の会場は『鏡の間』と呼ばれる美しい大広間だった。

色とりどりの花に彩られた広間を横断するように置かれた長テーブルには、すでに銀色のカトラリーがずらりと並べられ、天井から吊るされたシャンデリアの輝きを虹色に反射していた。

百人ほどの貴族たちの半分程度が着席し、もう半分は席を立って自由に歓談しているようだ。

そんな中、フランチェスカとジョエルが姿を現したのを見て、貴族たちが一斉に色めき立つ。

「あれをご覧になって。ジョエル様と一緒におられるのがフランチェスカ様よ」

「『荒野のケダモノ』に嫁いだらしいが、王太子妃つきの女官に選ばれて戻ってきたらしい」

「病弱だと聞いていたが、ケダモノにはもったいない美しさだな」

一応ヒソヒソと声を抑えているが、興奮しているせいかどれもはっきりとフランチェスカの耳に届く。

ジョエルとフランチェスカはよく似た兄妹であるからして、自分も精一杯着飾ればそこそこに見えるらしい。だがどんな賛美を聞いても、フランチェスカの耳を右から左に流れていくだけだ。

むしろ壁一面に貼られた鏡に映る自分を見て、ここにマティアスがいてくれたらどれだけ嬉しいだろうと、そんなことを考えてしまう。

（軍服をお召しになったマティアス様は、すごく素敵なのに……）

あの人を『ケダモノ』なんて言うのは見る目がない人間だけだ。

不当に貶められているマティアスのことを思うと胸が締め付けられるが、結局今のフランチェスカにできることはなにもない。ここで『それは違う』と叫んでも、相手にはしてもらえない。

「──フランチェスカの席は皇女様のふたつ隣だよ」

悔しさに唇を引き結びうつむいたフランチェスカを見て、ジョエルが耳元でささやく。

「うん……」

晩さん会の途中で会話にスムーズに参加できるよう、配慮された席である。

ちなみに間にはケッペル公爵夫人が座るらしい。あのカールの母だ。一応彼女からしたらフランチェスカは姪にあたるので、そういう席順になっているのだろう。

フランチェスカは兄と一緒にテーブルに向かったのだが、その途中で声をかけられた。

「ジョエルにフランチェスカじゃないか。こちらで少し話さないか」

従兄のカールだ。席に着かず同年代の貴族たちの青年と、輪になって会話を楽しんでいる。

ジョエルはゆったりした動作で胸元から金色の懐中時計を取り出すと、時間を確認して顔をあげた。

「あと十分もすれば皇女殿下がお見えになるだろう。席に座ってお迎えする準備をしていたほうがいいんじゃないかな」

ジョエルの言うことは至極もっともに聞こえたが、カールはその言葉を聞いて白けたと言わんばかりに鼻に皺を寄せる。

「ジョエル、相変わらず真面目でお堅いな」

だが一理あると判断したらしい。フランチェスカたちとともに長テーブルに着席した。

カールは公爵夫人の正面に座り、ジョエルはフランチェスカの前に座った。カールは機嫌よく着席した後、フランチェスカに向かって満足げに微笑みかけてくる。

「お前が馬鹿な選択をしない従妹でよかったよ。僕が恥をかくところだった」

「……」

別にカールのためではないと思いつつも曖昧にうなずく。

「あのケダモノ中将のことは、僕に任せなさい。綺麗に別れさせてやるからな」

『ケダモノ中将』と聞いて、フランチェスカの眉がピクリと動いた。正面に座っているジョエルも然りである。

(落ち着いて、私。こんなことで怒ってはだめよ)

フランチェスカはゆっくりと深呼吸するように息を吐いて、ニッコリと従兄に微笑みかけた。

「カール、そんなことを言わないでちょうだい」

確かに『シドニア花祭り』が終わったら、マティアスとは離縁するつもりでいる。

だがそれは彼を愛するがゆえだ。マティアスを愛しているから身を引かねばならないと気が付いた。間違っても別れたくて別れるわけではない。

「マティアス殿は妹の夫で僕の命の恩人なんだ。君にとっても身内なんだぞ」

さらにジョエルもたしなめるように声をかけてくれたが、それでもカールは意地悪く唇の端を持ち上げて意見を引っ込めなかった。

「冗談だろう。僕は平民出身のあの男を身内だなんて絶対に認めないね」

「ええ、カールの言うとおりです」

隣に座っていた公爵夫人も、息子の発言に便乗するよう強くうなずく。

「いいこと、フランチェスカ。『荒野のケダモノ』とは速やかに離縁なさい。皇女に気に入られれば帝国貴族との結婚が可能になるわ。野良犬と千年の歴史を誇る帝国貴族……どっちに利があるか、世間知らずなあなたでもわかるでしょう?」

「――」

正面に座っていたジョエルが『こらえろ』という表情になったので、奥歯をかみしめることでなんとかのみ込んだ。

兄の顔を見ていなかったら、目の前のフィンガーボウルの水をぶっかけていたかもしれない。

(別人格だってわかってるけど、この親ありきでこの息子が育ったのよね)

フランチェスカは膝の上でこぶしを握りつつ、マティアスのことを考える。

レディとして恥ずかしい振る舞いをすれば、この親子と同じレベルにまで落ちることになる。それはマティアスを貶めることに繋がるかもしれない。

(そうよ、私は一応人妻なんだから。頭に血を上らせてはだめ……!)

冷静に、冷静に……。

必死に自分に言い聞かせて冷静さを保つ。

それからしばらくして晩さん会が始まる時間になったが、いつまで経っても皇女と王太子は姿を見せなかった。

どうしたのだろうと皆が出入口のドアを見ているが、変化はない。

「お支度に時間がかかっているんでしょう」

カールの母親の公爵夫人が口を開く。

「聞いた話によると、皇女が嫁ぐ時は帝国一の騎士にエスコートしてもらう伝統があるんですって。心技体、すべてに優れた騎士にその栄誉が与えられるんだとか」

それを聞いたカールが「へぇ」と相槌を打つ。

「帝国一番の騎士にお会いできるなんて、楽しみだな」

そこでカールはふと思いついたように、フランチェスカに下品な眼差しを向けた。

「そういえばお前の夫は、領内で火事を起こしたらしいじゃないか。平民ごときの人気取りのために、祭りなんてのんきなことを考えるから、そんなことになったんだ。そうだ、いっそ野良犬から帝国の騎士様に乗り換えたらどうだ？　どうせ『乗る』ならそっちのほうが具合がいいだろう？」

カールがその目に侮蔑の色をのせ、軽く腰をゆする。

それは明らかに性的な隠語で――。

プチン。

（もう無理）

フランチェスカの頭の中でなにかが切れる音がした。

「人を馬鹿にするのもいい加減にして！」

叫びながら目の前にあるフィンガーボウルをつかみ、カールに向かって中身を思いきりぶちまける。勢いあまってテーブルの上のグラスも音を立てて倒れたが、フランチェスカはそのまま椅子から立ち上がり、カールをにらみつけた。

「いい⁉　そもそも今回のお祭りを開催したいと申し出たのは私よ！　それでもあの方は十八の小娘の言うことだと馬鹿にしなかったし、女だからといって私をたしなめたりしなかった！　いつだって親身になって相談にのってくださったわ！　火事が起こった時も率先して消火活動にあたって、明け方まで駆けずり回っていた！　私はあの人ほど高貴な精神を持つ人をほかに知らない！　口を開けば人の悪口ばかり言っているあなたたちとは全然違う！　次にあの人のことを『野良犬』と言ったら、許さないんだから！　なにがなんでも私の夫を侮辱したいというのなら、私が相手になってやるわよっ！」

叫び終わった瞬間、耳の奥がキィンと響いて、眩暈がした。

ジョエルが「フランチェスカ……」と呆けたようにつぶやいたが、もう遅い。

いきなり真正面から水を浴びせられたカールは茫然と固まったままで『鏡の間』は水を打ったようにしーんと静まり返った。

ただひとり、頭に血を上らせたフランチェスカがぜぇぜぇと肩で息をする声だけが響く。

（や……やってしまった……）

遅れて数秒、ハッとした。

貴族たちもとんでもないモノを見てしまったと、凍り付いている。全身から力が抜けて、持っていたフィンガーボウルが床に落ち、カラーンと音をたてた。

そんな中、最初に沈黙を破ったのは、公爵夫人だ。

「ふ、フランチェスカッ！　あなたカールになんてことをするのっ！　いくら姪でも許しませんよ！」

真っ青になって叫ぶ。

そうなると途端にフランチェスカもまた頭に血が上り、反射的に言い返す。

「は⁉　それは私のセリフですが⁉」

フランチェスカはブルブルと震えている伯母に向き合うと、目を吊り上げる。

（そっちがその気ならこっちだって戦ってやる！）

フランチェスカは決意した。

そうだ、こんなことでいつまでも我慢するなんて、どうかしている。

これまでほぼ人生を諦めていたから、なにが起こっても『まぁ、仕方ないかな』で済ませていた自分だとは思えないくらい、腹が立っている。

ちなみに目の前に座ったジョエルが「はぁ……えらいことになった……」と額に手を当ててうつむいているが、それは見なかったことにした。

「まずは私の夫への侮辱、取り下げていただきたいですね！　謝ってくださいっ！」

フランチェスカは目に力を込めて、公爵夫人をにらみ返す。

「まぁっ、まぁっ……！　なんて非常識な娘でしょう！」

「非常識なのはそちらですわ～！　どこの世界に姫の夫を侮辱していいという常識があるのかしら～！」

やぶれかぶれともいえる反抗的な姫の態度に、公爵夫人は全身をわなわなと震わせて卒倒寸前だ。

そこでようやく我に返ったカールが、耳まで真っ赤にしながらフランチェスカを指さし席を立った。

「衛兵！　この無礼な娘を放り出せっ！」

「っ……！」

どうやらフランチェスカはつまみ出されることになったようだ。

だがこれ以上マティアスを侮辱されるのは我慢ならなかった。

（ふんっ、上等よ！）

覚悟のうえで唇を引き結んだ次の瞬間、

「静粛に！」

朗々とした声とともに、ゆっくりとドアが開く。

その凜(りん)とした声に、騒然としていた『鏡の間』に静けさが戻った。

そう――先頭を切って部屋に入ってきたのは王太子レオンハルトだった。美しい黒髪と同じ漆黒の瞳をもつ彼は、部屋の中をぐるりと見回す。

「っ……」

その鋭い視線に射貫(いぬ)かれフランチェスカは奥歯をかみしめる。

だがそれはカールも同じだったらしい。フランチェスカに向ける眼差しは厳しかったが、唇を引き結んでいる。

「ロドウィック帝国第二皇女、マリカ・マリーナ・ヴァロア・ロドウィック殿下の御前である」

さすが王太子とでもいうのだろうか。年はカールと同じはずだが、ただならぬ威厳がある。

王太子の重々しい声に、おかしな雰囲気に包まれていた『鏡の間』はあっという間に平静を取り戻す。貴族たちは王太子を迎え、一斉に椅子から立ち上がった。

男性は頭を下げ女性はカーテシーを。フランチェスカも右に倣って軽く膝を曲げた。

（あの方が……皇女殿下……？）

それから王太子とともに、淡いベージュのドレスに身を包んだ小柄な女性が、目の覚めるような純白の軍服に仮面をつけた長身の騎士に手を取られ、しずしずと部屋の中に入ってきた。

波打つ淡い栗色の髪に理知的な紅茶色の瞳。体はほっそりと小柄だが、その眼差しは凛と強く、気品がある。フランチェスカと同い年と聞いていたがさすが大帝国の姫君だ。

そしてその隣にいる騎士も、まるで大樹のように堂々としていてただならぬ迫力があった。

「ねぇ……。あの隣にいらっしゃる騎士様はどなたかしら」

その姿を発見した貴族の夫人が、少し弾んだ声で問いかける。

「皇女殿下の嫁入りに際して選ばれる騎士ではないか」

「あれが！　なんと立派な……」

「さすが堂々としておられる」

貴族たちは思わず感嘆の声を漏らす。

まるで一枚の絵のように美しいふたりに、誰もが目を奪われて呼吸するのを忘れているようだった。

なるほどあれが噂の『帝国一の騎士』らしい。

（確かにちょっと素敵かも……）

緊迫した状況のはずなのに、思わずそんなことを考えて、フランチェスカはハッと我に返った。

（なにを考えているのかしら！　私はマティアス様一筋なのにっ！）

慌てて表情を引き締めていると、

「アルテリア王国の皆様、初めまして。マリカ・マリーナ・ヴァロア・ロドウィックです」

マリカ殿下はニッコリと微笑みながら名乗りをあげ、それから隣に立っている騎士を見上げた。

「そしてこちらが私のもっとも信頼する騎士――マティアス・ド・シドニア閣下です」

その名が皇女の口から出た次の瞬間『鏡の間』が水を打ったように静かになった。

マティアス・ド・シドニア。

ここにいる王国貴族で彼の名を知らない人間はいないだろう。

かつてアルテリア王女から叙勲の名誉を与えられながら、儀式に泥だらけで出席し、大遅刻してきた男。

『礼儀知らずの野良犬』とさげすまれた男が、なぜか帝国の姫君と一緒にいる。

しかもその胸に帝国の勲章を掲げて――。

なにかの間違いではという空気が流れる中、フランチェスカは茫然と、白衣の騎士を見つめた。

「え……？」

これはいったいどういうことだ。会いたいと思っていたから、都合のいい夢でも見たのだろうか。いや、そもそもなぜ『帝国の騎士』になっているのだ。わけがわからない。

言葉を失って茫然と立ち尽くすフランチェスカだが、白騎士は顔を覆っている仮面を片手でつかんでゆっくりと外す。

その途端、後ろに撫でつけていた赤毛がはらりと額に落ちる。仮面の下から現れたのは、確かにフランチェスカが愛する夏の緑のような瞳で――。

「フランチェスカ。迎えに来た」

どこか少し照れくさそうに彼は笑った後、フランチェスカに向かって手を伸ばしたのだった。

七章「素直な心で、ふたり寄り添えたなら」

フランチェスカが逃げるように執務室を出て行く後ろ姿が、二日たっても頭から離れない。

「我ながら、未練がましいな……」

マティアスはため息をついて、執務室で天井を見上げていた。

たった二日仕事をさぼると事務処理はたまる一方で、ルイスから『大将、しっかりしてくれよ』と注意を受けたばかりだがとにかくやる気が出てこない。

『シドニア花祭り』が延期になったことで、フランチェスカはお芝居のために戻ってくることになった。だがその時にはもう王太子妃つきの女官という立場になっていて、マティアスには手の届かない存在になっているはずだ。

『シドニア花祭り』の延期に関しては、この件に関わるすべての領民のためだと胸を張って言える。

だが芝居を中止にしなかったのは、マティアスの未練だ。

フランチェスカと向き合える最後のチャンスだと思うと、その機会を失うわけにはいかないと思ってしまったのだ。

「はぁぁ～……」

長い足を組み替えて、デスクの上にドン、とのせる。行儀が悪いのはわかっているが誰も見ていないのでヨシとする。

「――出かけるか」

このまま執務室にこもっていても、気持ちは落ちていくばかりである。

マティアスは勢いよく立ち上がると、町の見回りをすることにした。

復旧作業中の中央広場は活気に満ちていて、かすかに焦げ付いた匂いは残っているが、火事の名残はほぼ消えている。いつまでも落ち込んではいられないと皆が頑張ってくれているおかげだ。

「あっ、領主様だ！」

マティアスの姿を発見した領民たちが、パッと笑顔になって駆け寄ってきた。

「なにか困ったことはないか？」

マティアスの問いかけに、壮年の男が代表して答える。

「ルイスさんがちょくちょく顔を出してくれますんで」

「そうか。なにか不自由があったらいつでも言ってくれ」

「奥様は今、王都に行かれてるんですよね？　いつ戻って来られるんでしょう」

「祭りの前には戻ってくる」

マティアスの返事に、男はホッとしたように胸に手をあてた。

「実はうちのばあさんが、奥様にお助けいただいたらしいんです。あんな優しくて綺麗な人はいないって、すっかりファンになっちまって。絶対に直接お礼を言うんだって、張り切ってるんですよ」

あの火事の夜。マティアスはダニエルと一緒に、消火活動と現場の指示にかかりきりになっていた。もちろん屋敷にいるフランチェスカのことは気になったが、使用人たちもいるし部屋にこもっていれば大丈夫だろうと後回しにしていた。

だがその後の使用人たちの報告によると、フランチェスカは火事のことを知るや否や、馬車を出すように指示し、屋敷を避難所として開放したという。そして休むことなく、朝まで治療に駆けずり回っていたらしい。

消火活動が落ち着いた明け方、屋敷に戻ってフランチェスカの姿を発見した時は、衝撃を受けた。煤と汚れでボロボロだったが、呼びかけに振り返ったその瞳は一等星のように光り輝いていた。彼女は驚いたように目を見開いた後、フラフラの足どりにもかかわらず、必死に駆け出してこちらに向かってきた。

両腕を伸ばし駆けてくる彼女を、マティアスも抱きしめたくて前のめりになっていた。ずっと気を張っていたのだろう。気丈に振舞っていたフランチェスカが、マティアスの無事を知り泣き出したのを見て、マティアスは彼女を愛しいと思う気持ちを抑えられなくなった。

彼女の陶器のような肌はあちこち煤で汚れていたが、その汚れさえ愛おしく感じた。

(俺はもう、彼女以上に愛せる人には出会えないんだろうな)

それを寂しいと思うのか、幸せと思うのか――。

たぶんマティアスは後者だ。誰も愛せないと思っていた自分が出会えた奇跡が、フランチェスカなのだろう。とは言え、今更どうしようもないのだが。

「マティアス様～！　だっこ～！」

手を引っ張られて下を見ると、足元に小さな女の子と男の子の兄妹が立っていた。物おじしない人懐っこさからして、商店の子だろう。

「少しの間だけだぞ」

子供たちをふたりいっぺんに抱き上げると「きゃーたかい～！」と歓声をあげる。

「お前たちの家はどこだ？」

「あっちのパン屋！」

兄らしい小さな男の子が通りの向こうを指さす。

「わかった」

どうせならそこまで連れて帰ってやろうと歩き出したところで――。

「旦那様……！」

と背後から呼び止められた。

「ん？」

振り返ると、お使い途中らしいアンナが立っていて、紙袋を抱えたままプルプルと震えている。

なんだか様子がおかしい。マティアスを見る目は怒りを抑えているような、非難がましい光を宿している。

「どうした？」

「っ……旦那様の……お子様、ひとりじゃなくて、ふたりだったんですねっ……」

「——は？」

一瞬なにを言われたかわからず、マティアスは首をかしげる。

「黙ってましたけど、やっぱりひどい、ひどすぎますよっ……！　子持ちなら子持ちって言ってくれないと！　もうっ、お嬢様の純情を返してくださーいっ！」

「え、は……はぁぁ⁉」

血相を変えて叫ぶアンナの声に、マティアスはよその子を抱いたまま、立ち尽くすのだった。


子供たちをパン屋に送った後、マティアスは半ば茫然としながら公舎へと戻った。

「——いや……まさかそんなことになっていたとは」

気分転換で出かけたはずが思ってもみない展開になり、マティアスはまた先ほどと同じように天井を見上げなら、アンナとの会話を思い出していた。

『愛人なんて俺がもつはずがないだろう。子供までいるならなおさら責任を取る』

『貴族は普通にするんですよ……。平民の愛人に子供を産ませるのもよくあることなんです』

アンナの言葉にマティアスは「はぁ……」とため息をついたが、アンナはひとしきり興奮した後、なにかを思い出したかのように急にソワソワし始めた。

『でも、愛人もお子様もいらっしゃらないとなると……』

『なんだ』

『いえ、なんでもっ』

アンナは浮ついた表情で『お嬢様にはもうひと頑張りするチャンスがあるってことですよね……よしっ』とマティアスには聞こえないほど小さな声でつぶやいて、公舎の近くで辻馬車を拾い、元気よく屋敷へと戻っていった。

残されたマティアスはわけがわからず、あっけにとられるばかりである。

(そうか……フランチェスカは俺に愛人と子供がいると思っていたのか……)

そんな馬鹿な、と思うが、そもそも自分たちはお互いのことを本当に何も知らない。

彼女が嫁いできてから『シドニア花祭り』の準備もあり、朝から晩まで仕事で、一緒に食事すらとれない日々がほとんどだった。

しかも『白い結婚』でベッドも別である。彼女にはできる限り誠実に接したつもりだが、己の弱さを隠したまま、本音をぶちまけることもなく、夫婦とは名ばかりの関係だった。

ふと、フランチェスカが旅立つ前に口にした言葉を思い出す。

『「シドニア花祭り」があるだけじゃなくて……私が、このままさよならなんて、いやなんです。あなたの時間を、少しだけでいいので貰えませんか」』

思いつめた表情でフランチェスカはそう言った。

「俺だって、いやだ……」

そう、いやだった。

彼女が好きだ。諦めたくない。

忘れるべきなのに、もっとフランチェスカのことを知りたいと思う。

本以外になにが好きなのか。

お気に入りの場所。好きな言葉。花。

フランチェスカの心を豊かにする、ありとあらゆることを知って、彼女のために尽くしたかった。

だがマティアスは『礼儀を知らぬ野良犬』だ。

(せめて俺が、彼女の足を引っ張らないような男だったら……)

一度悪意をもって広まった己の不名誉はどうしようもない。己の過去の行いに後悔は微塵もないが、そのせいでフランチェスカが一生貶められることになるのなら、身を引くしかない。

そうやってぼんやりしていると、ドアがノックされダニエルが少し緊張した様子で姿を現す。

「旦那様、お屋敷にお客様がおいでになりまして。お連れいたしました」

「客……?」

いったいどこの誰だと思いつつ、マティアスは椅子から立ち上がり、異様な雰囲気の客の姿を見てその場に立ち尽くした。

「誰だ……」

思わず声が低くなった。

それもそのはず、部屋の中に入ってきたのは、どこかただ人ではない雰囲気を持つ四人の旅装の男と、彼らに守られるように中心に立つ小柄な女性だった。

咄嗟に身構えるマティアスに向かって、

「――お久しぶりです。ようやくあなたに会えました」

女性は頭からかぶっていたフードを外しながら、にこやかに微笑んだのだった。

＊＊＊＊＊＊＊＊＊＊＊＊＊＊＊＊

「フランチェスカ。迎えに来た」

少し照れくさそうに手を伸ばすマティアスを見て、フランチェスカはここが『鏡の間』だということを忘れ、全速力で走り、夫の腕の中に飛び込む。

「マティアス様！」

会いたくてたまらないのに、帰ったらあとはもう別れ話をするしかないのだと思うと、辛かった。

だが今は違う。

『迎えに来た』という言葉を聞いた瞬間、やはり自分はこの人と離れられないとはっきりとわかった。

どうして皇女様と一緒にいるの？

帰ると伝えていたのに、なぜわざわざ迎えに来てくれたの？

聞きたいことはいっぱいあるのに、言葉がなにも出てこない。

おでこをグリグリと押し付けていると、背中に回した腕で強く抱きしめられる。

そしてマティアスが耳元でささやいた。

「――先に言わせてくれ。俺には愛人も子供もいない」

「えっ？」

びっくりして顔をあげると同時に、フランチェスカの頬にマティアスの大きな手がのる。

緑の瞳がすぐ目の前にある。このまま吸い込まれてしまいそうだ。

「俺はずっとひとりだった。ひとりでいいと思っていた。だがあなたに出会って……愛してしまった」

「――」

驚きすぎて頭が真っ白になる。

（今、愛……？　愛してしまったって言われたような……いや、そんなまさか……でも……）

きょとんとしたフランチェスカを見てマティアスは苦笑するように微笑むと、頬を撫でる。

「フランチェスカ、君を愛している。君を失いたくない。いや……俺を手放さないでくれ」

マティアスはそう言って、まるで眩しいものを見るように目を細めた。

それはずっと夢見ていたマティアスからの愛の言葉だった。

「〰〰っ……」

フランチェスカの青い瞳から涙がこぼれ、声にならない想いが、嗚咽になって唇から溢れる。

無我夢中でしがみつくと、それ以上の力で抱きしめられた。

このまま死んでもいい――大げさでもなんでもなく本気でそう思う。

マティアスは声を押し殺して泣くフランチェスカの背中を優しく撫でると、背後を振り返って皇女マリカと王太子レオンハルトに一礼した。

フランチェスカの態度に、白騎士が間違いなく『マティアス・ド・シドニア閣下』だと皆がようやく理解したようだ。

「あ、あのっ、皇女様、発言をお許しください……その、なぜシドニア閣下を帝国の騎士としてお連れになったのですか？」

この場にいる貴族たちを代表したのだろう、最初に口を開いたのはカールだった。

それもそうだ。王国貴族にとってマティアスは自分たちより『下』なのである。

なのに彼は胸に帝国から与えられた勲章をつけ、皇女のエスコート役として姿を現したのだから、王国貴族が混乱するのは当然だった。

それを受けてマリカは小さくうなずき、それからレオンハルトのエスコートで中央の席の前に立ち『鏡の間』を見回した。

「王太子殿下。親愛なるアルテリア王国の皆様に、私の騎士であるマティアス・ド・シドニアを紹介する時間を頂戴できますか？」

マリカは隣に立つレオンハルトに問いかける。

「もちろんです、マリカ」

「ありがとうございます」

それからマリカは、立ち尽くすマティアスとフランチェスカにちらりと視線を向けた。

「私が初めてマティアス様にお会いしたのは、今から八年前です」

その言葉を聞いて、フランチェスカは目を丸くする。

(どういうこと……?)

緊張で体を強張らせるフランチェスカをなだめるように、マティアスは無言で肩を抱く。

その手は慈しみに満ちていて、何も言わずとも『大丈夫だ』と言われている気がして、フランチェスカはゆっくりと息を吐き、皇女の次の言葉を待った。

「当時の私は十歳の幼い少女で、土砂降りの雨の中、馬車を走らせていました。行く先は、アルテリア王国の王都の外れでひっそりと暮らしていた、かつての乳母の家です。彼女は私にとって実の母のような存在でした」

「あ……」

フランチェスカは思い出すことがあった。

そういえば、カールから以前『今は亡き乳母がアルテリア出身だったことで、幼い頃から我が国に親しみの感情を抱いてくださっていたらしい』と聞いたことがあった。

「乳母が死の間際にあると聞いていてもたってもいられなくなった私は、側近の者を連れて帝都を抜け出しアルテリア王国に向かったのです。ですが折からの豪雨のせいで馬車の車輪が外れ、立ち往生してしまいました。このままでは乳母に会えないかもと絶望していた時、声をかけてこられたのが、マティアス殿でした」

マリカは少し懐かしそうに目線を持ち上げる。

「それまで我々は、多くの貴族や商人に助けを求めましたが、身分を明らかにしない私たちを不審に思い、応じてくれる人はいませんでした。そんな中、彼は当たり前のように馬車を降りてきて、我々が困っていることを知ると、その純白の儀礼服を泥まみれにして馬車をぬかるみから押し出し、助けてくださったのです」

そしてマリカは今度は申し訳なさそうに目を伏せる。

「本来であれば、お助けいただいた時に身分を明らかにするべきでした。ですが当時の私はそこまで頭が回らず……供の者たちも、同盟国とは言え、他国に帝国の皇女がいることを知られてはいけないと、秘密にしてその場をあとにしました。帝国に戻ってしばらくして、ようやくそのことを思い出した私は、助けてくださったあの方の行方を方々で捜させたのですが、ずっとわからないままで……。このまま一生、恩知らずとして生きていくのかと悩んでおりました」

そしてマリカは今度は、フランチェスカにその目線を向けた。

「ですが、奇跡が起きたのです。私がたまたま手に入れた大好きな作家が書いた脚本に、その方のことが書かれていました。八年前、叙勲の儀に泥だらけで姿を現したという――マティアス・ド・シドニア閣下のことが……！」

それまで半ばぼんやりと夢うつつで話を聞いていたフランチェスカは『大好きな作家が書いた脚本』と聞いて、我が耳を疑った。

（えっ……えっ……？）

今、皇女マリカがものすごいことを言わなかっただろうか。

（大好きな作家って……まさかＢＢのこと？　皇女殿下が私の読者ってこと⁉）

本人に確かめたいが、さすがのフランチェスカも空気を読んだ。必死に言葉をのみ込みつつ、肩を抱かれたままマティアスの背中に腕を回す。

「アルテリア貴族の皆様、ご理解いただけたでしょうか」

マリカはキラキラとした笑顔になり、驚いて声ひとつあげられない王国貴族を見回した。

「八年前のこの思い出がなければ、私は帝国を離れアルテリア王国に嫁いで来ようとは思わなかったでしょう。レオンハルト様とご縁を結ぶこともなかった。ですから私は王都に入る前にまずシドニア領に向かい、そして彼に勲章を授け一時的に帝国の騎士になっていただきたいと、お願いしたのです」

そして彼女はドレスの裾をつまみ、

「シドニア閣下。あなたにはこれからもアルテリア貴族の見本となってくださいませ」

と、マティアスに向かって優雅に膝を折ったのだった。

皇女マリカの堂々たる告白に、貴族たちは痺れたように言葉を失い、その場に立ち尽くしていた。

八年間、自分たちが馬鹿にし続けてきた男が、この国にどれほどの利益を与えたのか。

そしてたった今、マティアスがこの国で最も賞賛に値する人物だということに、ようやく全員が気づいたのだ。

そしてレオンハルトがよく通る声で宣言する。

「皆の者、よく聞いたか！　かのシドニア閣下こそ国一番の忠義の者よ！」

「っ……シドニア閣下、万歳！　アルテリア王国、万歳！」

王太子の声に賛同するように、ジョエルがその場の誰よりも早く声をあげ、拍手をした。

それに釣られるようにほかの貴族たちも我先にと手を叩き始める。

「レオンハルト殿下、マリカ殿下、万歳！」

「両国の未来に幸いあれ！」

『鏡の間』で響く百人の貴族たちの割れんばかりの歓声と拍手で、耳が痛くなる。

びしょ濡れのカールも公爵夫人も、顔を強張らせつつも拍手をしていた。

『ずっと見下していたくせに、もう遅いですっ！』と言いたいくらいだが、マティアスの名誉が回復するなら、文句は言うまい。

（これで私の無礼も皆忘れて、帳消しになったかしら……）

万雷の拍手の中、フランチェスカはおそるおそる顔をあげ、夫である男の顔を見上げた。

「あの……マティアス様」

「――ん？」

鳴り響く拍手で声が届かないのだろう。マティアスがかすかに眉をひそめ、長身を折り曲げるようにして身をかがめる。

はらりと赤い髪が額に落ちて緑の瞳が、シャンデリアの光を反射して星のように瞬く。

フランチェスカは、夫の美しい瞳を見ながら、そう言えば愛の言葉に返事をしていないことに気が付いた。

「私……たくさん、話したいことがあるんです」

「奇遇だな。俺もだ。その、中には嫌われないといいんだがと思うようなこともある」

マティアスが少し困ったように眉根を下げる。

「嫌うなんて、あり得ません。だって私は……私は」

彼の首の後ろに手を伸ばし、そのままグイッと頭を引き寄せた。

「フランチェスカ？」

きょとんとした顔で長いまつ毛を瞬かせたマティアスが妙に可愛かったので、フランチェスカはにっこりと微笑む。それから精一杯背伸びしつつささやいた。

「愛しています、マティアス様……あなたのことを心からお慕いしています……それでその……私を本当の妻にしてくれますか？」

マティアスは一瞬ビクッと体を震わせたが、すぐにその目をニヤリと細め、両腕でフランチェスカの体を抱きしめると、覆いかぶさるようにキスをしてくる。

それは触れるだけのキスではない。もっと深いところで繋がる大人のキスだ。

むさぼるように口づけられて、息ができなくなった。

「ん、んんっ……!?」

人妻のくせして経験がないフランチェスカは、未知の体験にじたばたと体を動かしたが、マティアスはフランチェスカを逃がすつもりはないようで。彼の熱っぽい口づけに、フランチェスカはあっという間に腰が砕けそうになる。

「ん、あっ、もうっ、マティアスさまっ……」

なんとか唇を外したほんの一瞬、責めるように胸を叩くと、彼はいたずらっ子のようにささやきながら顔を覗き込む。

「フランチェスカ。君の気持ちがわかった以上、もう遠慮はしない。君のすべてを俺のものにする。覚悟してくれ」

その声は熱っぽくかすれていて――。

「は……はい……」

フランチェスカは顔を真っ赤に染めつつも、こくりとうなずいたのだった。

エピローグ

——それから二週間後。

『シドニア花祭り』の大成功を受けて、最終日に挨拶に立ったマティアスは領民の前で来年の祭りの開催を高らかに宣言した。

王都からの客も押し寄せたのもあるが、祭りの最終日ではなんと王太子夫婦が舞台を観劇し、新聞に載るほどの話題になったのだ。

特にマリカはシドニアを気に入ってくれたようで、

『フランチェスカともお友達になれたし、たくさん遊びに来たいわ』

と、真剣な顔で何度も口にしていた。

王太子夫婦が遊びに来るとなれば、シドニアはもう辺境の田舎ではなく、れっきとした避暑地だ。

当然、王太子夫婦のための別荘も建築予定に組み込まれた。

「これはもう鉄道会社と手を組むしかありません！　そうだ、いっそ駅を作りませんか！　日帰り客もたくさん呼べるようになる！」

ダニエルが言い出し、皆で盛り上がった。

夢物語のような話ではあるが、シドニア領に鉄道の駅ができれば、王都との行き来はかなり楽になるし、町の発展にも繋がる。

シドニアがかつての賑わいを取り戻すのも、そう遠くないかもしれない。


応接室で手紙を読み終えたマティアスは、大きくため息をついて頬杖をついた。

「マティアス様、父からの手紙にはなんと?」

「火災被害についての復興費用は公爵家が全額負担の上、カール・グラフ・ケッペル侯爵は自主的に爵位を返上することになったらしい。そして母方の領地である西方へと向かうと」

彼の後ろの窓からは、初夏のさわやかな空が広がって見える。満開のスピカのグラデーションが空に繋がって美しい。

「西方……二度と王都の地は踏めないでしょうね」

「そうか……」

マティアスは丁寧に手紙を畳むと、手持無沙汰のように椅子の上で長い足を組んだ。

「放火を指示したのは、俺への個人的な恨みと『シドニア花祭り』が失敗すればフランチェスカが王都にすんなり戻ってくると考えたかららしいが……とにかく短絡的だな」

「実質廃嫡でしょう。公爵家にはほかにも男子がいますから問題ないかと」

マティアスは『廃嫡』と聞いて哀れみの表情になったが、フランチェスカはまったく同情していない。

ちなみに公爵夫人の息子はカールだけだったので、彼女の今後も厳しいものになるだろう。

そう——。

『シドニア花祭り』の会場である中央広場に火を放ったのは、なんとカールの雇ったごろつきだったのだ。あちこちの酒場でさぐりを入れていたルイスが、急に借金を全額返済して女遊びをしている男がいるという情報を聞きつけ、事情聴取から逮捕に至った。

『ケッペル侯爵がもうちょっと気前のいい男だったら、放火犯を国外に逃がして足はつかなかったんでしょうけどね。ケチだったたんですよね～』とルイスは肩をすくめていた。

おまけにマティアス宛てに送った脅迫状も王都の有名文具店の特注品で、カールにたどり着くのにそれほど時間はかからなかったらしい。なにもかもが迂闊である。

誰にでも高圧的で威張り散らす男だったので、彼をわざわざかばいたてる人間はいなかったのだとか。

「死傷者が出なかったからよかったものの、命があるだけ儲けものだと思ってもらいたいくらいです」

もし領民に取り返しのつかない被害が出ていたら——そう思うとゾッとする。

今回のことは運がよかっただけだ。ぷりぷりと目を吊り上げるフランチェスカを見て、マティアスは「そうだな」と、重々しくうなずいた。

（まぁ、口止め料も兼ねているからこそ賠償金はものすごい金額だし……そのお金を町の発展に回せると思えば、のみ込めなくもないけれど）

そんなことを考えていると、

「フランチェスカ」

空気を変えるように、マティアスが甘く低い声で名前を呼んだ。

長身の彼から繰り出される声は、艶があり色気がある。

ハッとして顔をあげると、長い足を組んだマティアスがにこやかに微笑みつつ「おいで」と両手を広げていた。

たったそれだけでフランチェスカの胸は甘くときめく。

カールのことを考えて、イライラに囚(とら)われているのが馬鹿らしくなった。

(あんな馬鹿のことはもうどうでもいいわ)

フランチェスカはサッとソファから立ち上がり、夫の膝の上に座って上半身を預けるようにしてもたれかかる。

彼の首筋に顔をうずめると、かすかに火薬の匂いが鼻先をかすめた。放火の一件もあったので最近ではマティアスが直接訓練を行う機会を増やしているのだとか。

(私、王都の貴族たちの香水の香りよりも、こっちのほうが好きだわ)

けがなどしてほしくないという気持ちもあるが、どんな時も自らが先頭に立ち、戦うマティアスをフランチェスカは素敵だと思うし、誇りに思う。

有事の際は先頭に立つのが貴族の務めなのだから。

うっとりと身を任せていると、書き物机の上に置かれたポポルファミリーの白猫人形と目が合った。以前フランチェスカが部屋で拾ったものだ。

「そういえば、秋に王都で『ポポルファミリーのおでかけフェスティバル』が開催されるんですって。絶対に行きましょうね」

「あ？　ああ……」

「噂によると、自作衣装コンテストもあるんですって。参加しましょう」

「いや……」

押せ押せのフランチェスカに対して、マティアスがたじたじになりながら視線をうろうろとさまよわせる。

「マティアス様なら優勝間違いなしです。だってこんなに可愛らしいお洋服を作れるんですもの」

フランチェスカはクスクスと笑いながら、目を細めた。

そう、机の上の白猫ちゃんは水色の美しいドレスを着ていた。おまけに頭にはビーズで作った精巧なティアラまでのっている。すべてマティアスの手作りである。

王都からシドニア領に戻る時、彼の秘密の部屋に連れて行ってもらった。

驚きはしたがフランチェスカ自身不器用の自覚があるので、夫の秘密は賞賛に直する素敵な趣味だ。

あまりにもフランチェスカが「すごいすごい！」と興奮するのでマティアスは「もっと早く打ち明けていればよかった」と苦笑していたくらいだ。

そしてフランチェスカも自分がＢＢであると打ち明けたのだが、マティアスはかなり早い段階で気づいていたようで、拍子抜けしてしまった。

とは言え、あまたの勘違いとすれ違いのおかげで、自分たちは己の気持ちにしっかりと向き合うことができ、夫婦として手を取り合うことを選んだのだから、悪いことばかりではないだろう。

フランチェスカの作家業も、マティアスの応援でまだまだ続けられそうである。

「あぁ……そうだ。どうせ作るなら、いっそあなたのドレスを作りたいな。きっと楽しい」

最近刺繍にもはまっているらしいマティアスは、ククッと喉を鳴らすように笑うと、フランチェスカの顎先をするりと指先で撫でて、上を向かせる。

彼の緑の瞳が熱っぽく輝く。

「そうなると……正確なサイズを知る必要がありますが？」

軽やかに微笑みながらマティアスは手を伸ばして人形を後ろに向かせると「愛してる」とささやきながら顔を近づける。

やがて訪れる甘い時間の予感に、フランチェスカはときめきながら目を閉じたのだった。

あとがき

初めましてこんにちは、あさぎ千夜春(ちよはる)です。

このたびは『絶対に結婚したくない令嬢、辺境のケダモノと呼ばれる将軍閣下の押しかけ妻になる』をお手に取ってくださってありがとうございました。

皆さんは体格差とか、好きですか？

私は大好きです！

でっかくてカタブツな男と、体重が半分くらいしかない、華奢な女の子が両片思いしてるお話って、なんぼあってもよくないですか？

私はなんぼでも読みたいわ、と思ってできたのがこのお話です。あれも書きたいこれも書きたいと詰め込んでいたら、結構なボリュームになってしまいました。

マティアスはでっかくてカタブツで真面目で、でも自分のことに関しては『まぁ仕方ないよな』で人生を諦めがちな男で、非常に私と親和性の高いヒーローでした（根暗という部分で一致）。

一方フランチェスカは努力家で諦めない女の子で、こんな子いたらいいなぁ～という私の妄想がひたすら詰まっております。

さらに年の差十七歳……。

年の差、体格差に萌える方だけでなく、そうではなかったけどこういうのもありね、と思ってもらえたら嬉しいです。

今回は、あとのすけ先生に素敵なカバーと挿絵を描いていただきました。ラフやキャラデザ、デザインが終わったカバーイラスト等々があがってくるたび、担当さんと『かわいいかわいい！』と言ってはしゃいでしまいました。いや本当にかわいい〰〰〰！

でっかい男の困り顔はなんぼあってもいいですね。あとのすけ先生、改めてありがとうございました。

真夏に出る冬の本ですが、読み終えたあとはほっこりするようなかわいいお話になったと思います。楽しんでいただけたら幸いです。

あさぎ千夜春

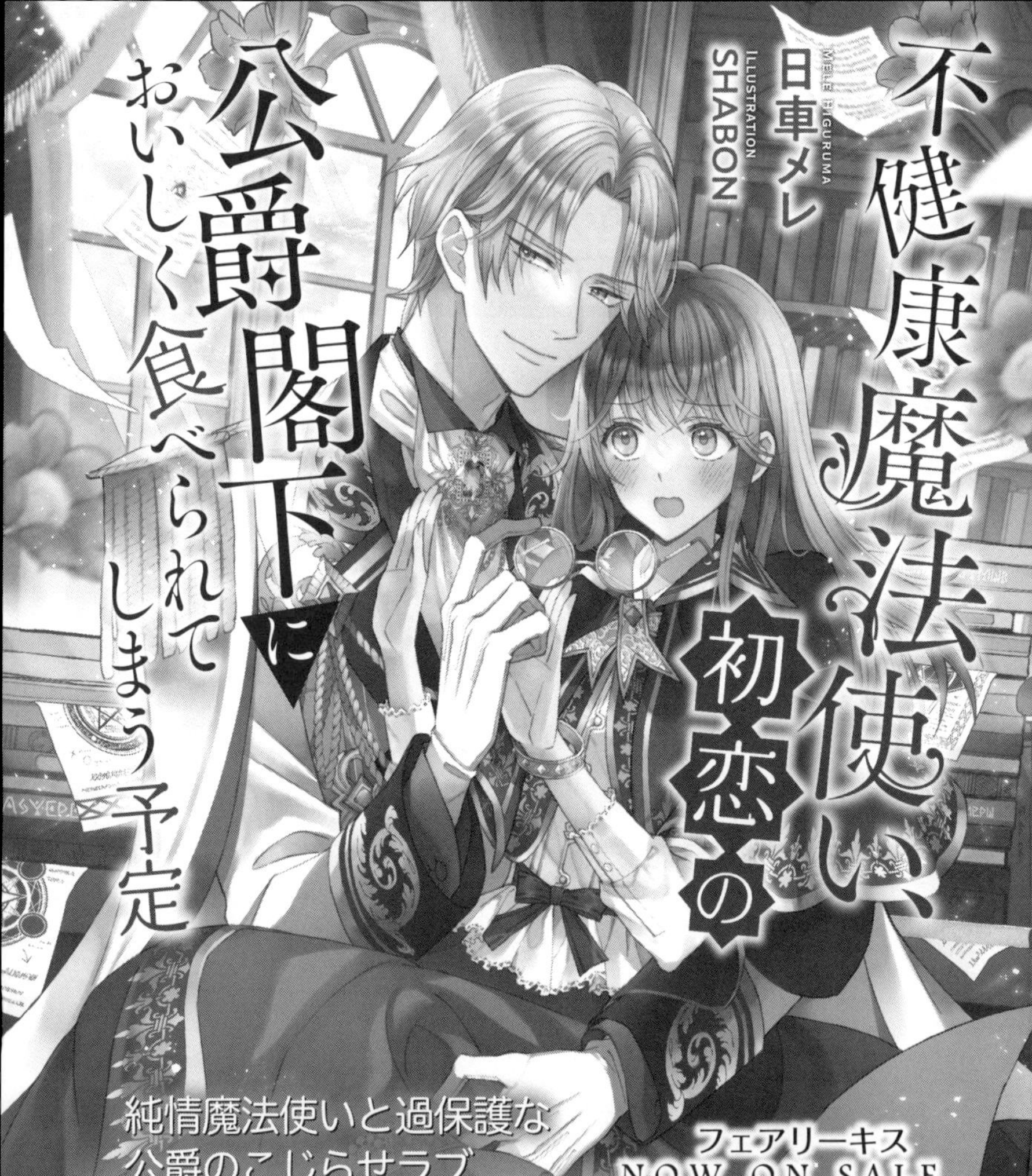

絶対に結婚したくない令嬢、辺境のケダモノと呼ばれる将軍閣下の押しかけ妻になる

著者　あさぎ千夜春 © CHIYOHARU ASAGI

2023年9月5日　初版発行

発行人　藤居幸嗣

発行所　株式会社 J パブリッシング
〒102-0073　東京都千代田区九段北3-2-5 5F
TEL 03-3288-7907　FAX 03-3288-7880

製版所　株式会社サンシン企画

印刷所　中央精版印刷株式会社

ISBN：978-4-86669-603-4
Printed in JAPAN